作
コルネーリア・フンケ
訳
杉本栄子
画
タダ　ユキヒロ

ゴーストハンター
氷の足あと

フォア文庫

装丁　丸尾靖子

もくじ

no.1 登場人物紹介《とうじょうじんぶつしょうかい》

Stolper. Stop. nichts. klappt. Junge
tollpatschiger aber mutiger Junge mit Brille

トム

ちょっとこわがりな小学生《しょうがくせい》。ゴースト退治《たいじ》にまきこまれることになる。

Kellergespenst mit eisigen Fingern,
kalten, modrig stinkenden Atem....
schleimt wie Riesenschnecke

フーゴ

MUG《マグ》〈まあまあ・うざったいゴースト〉。いたずら好《ず》きで、こわがらせるのが大好《だいす》き。150年前《ねんまえ》からおばけをしている。

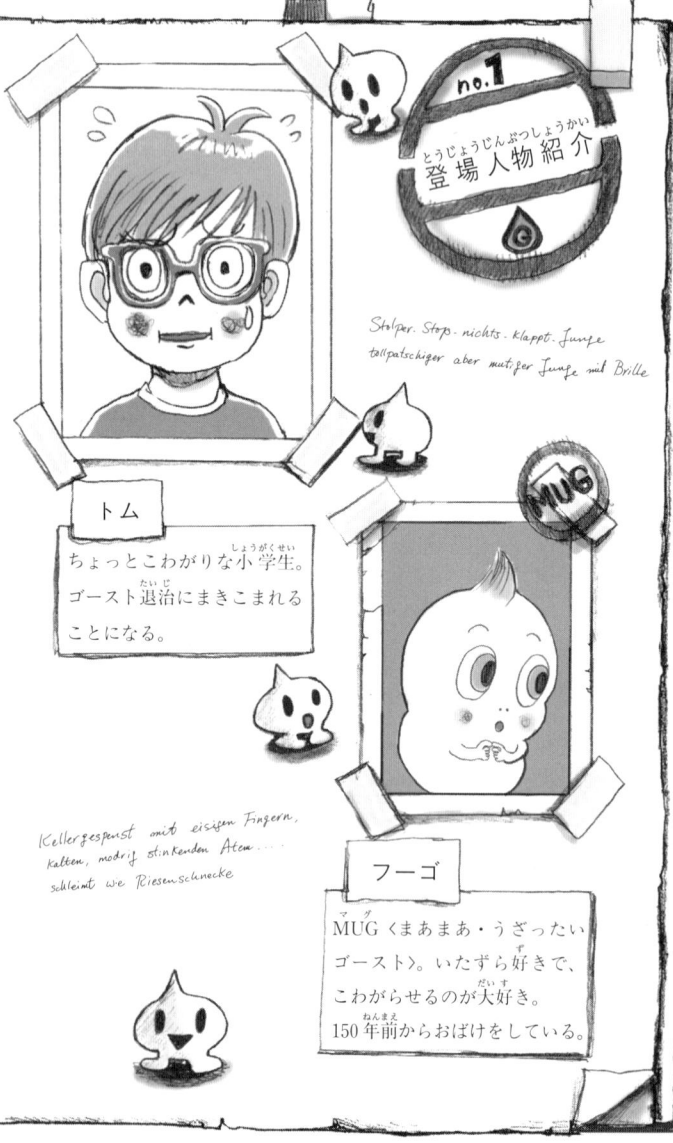

リープリヒさん

ビスケットの考案者《こうあんしゃ》。フーゴの子孫《しそん》で、UEG《ウェグ》に屋敷《やしき》をのっとられてしまう。

ungef. dreiundsechzig Jahre alt
spitze Nase, spindeldürr.....

キュンメルザフトさん

ベテランのゴーストハンター。トムのおばあちゃんと友《とも》だち。

ローラ

トムのお姉《ねえ》さん。トムをいつもバカにしている。

harmloser Friedhofsgeist,
aber sehr neugierig

1　思《おも》いだすのもいやな日《ひ》

　その日《ひ》は、なにをやってもついていなかった。

　朝《あさ》、ズボンをはこうとすると、姉《ねえ》さんがズボンの両足《りょうあし》をむすびつけていた。ねぼけて洗面所《せんめんじょ》ではよろけるし、歯《は》ブラシにはママのクリームをつけてしまうし、おまけに台所《だいどころ》ではあいていた戸《と》だなのとびらにガーンと頭《あたま》をぶつけてしまった。まだ朝《あさ》ごはんもたべていないというのに、もう、うんざりだ。

　でも、トムにはよくあることだ。こんなふうに、つまずいたり、ぶつかった

り、まったくうまくいかない日《ひ》が。せめてものすくいは、ほかの人《ひと》たちを笑《わら》わせたことぐらい。

「おはよう、いい朝《あさ》ね」ママがいった。

「ちっともよかないよ」トムはそうつぶやきながら、テーブルについた。

ローラがにやにや笑《わら》いながら、いすにもたれかかってトムをみていた。ローラはトムのお姉《ねえ》さん、六歳年上《さいとしうえ》で、トムのことを子《こ》どもあつかいしている。

「気《き》をつけたほうがいいわよ。今日《きょう》はきっと、なにか災難《さいなん》がふりかかるわよ」

トムはローラをにらみつけた。そのとたん、セーターにココアをこぼしてしまった。ローラが笑《わら》い声《ごえ》をあげた。

「まあ、トムったら、きがえていらっしゃい」ママがため息《いき》をついた。

「ズッコケ・トムちゃん！」ローラがトムのうしろからさけんだ。

そう、その日《ひ》はそんなぐあいだった。

トムは学校《がっこう》でも大失敗《だいしっぱい》してしまい、みんなに笑《わら》われてしまった。家《いえ》に帰《かえ》るとちゅうには犬《いぬ》のふんをふんづけた上《うえ》に、ぼんやりして新聞《しんぶん》スタンドにもつっこんでしまった。そこで、トムは家《いえ》に帰《かえ》ってすぐにベッドにもぐりこむことにした。こんな日《ひ》は自分《じぶん》のベッドが世界中《せかいじゅう》でたったひとつ、安全《あんぜん》な場所《ばしょ》だ。

トムがだまって、自分《じぶん》の部屋《へや》にきえようとした、そのとき、ママの声《こえ》がした。

「トム、いそいで地下室《ちかしつ》からオレンジジュースを二本《ほん》もってきて」

地下室《ちかしつ》からだって？

ママはぼくが地下室《ちかしつ》をこわがっていることをよく知《し》ってるはずなのに。クモの巣《す》をはらわなくちゃとかんがえただけで、もう背《せ》すじに鳥肌《とりはだ》がたってくる。もっとおそろしいことに、そこはまっ暗闇《くらやみ》で、なにがおこるかわからない。

「いかなきゃだめ?」

「あんたのおばけの話《はなし》なんてもうたくさん、はやくいきなさい!」

ママはいらいらしていった。

なさけのかけらもない。まだ十歳《さい》にもなっていないというのに。

トムはため息《いき》をつきながら、玄関《げんかん》のドアをあけた。


トムのアパートは、どの家《いえ》も地下《ちか》に物置《ものおき》があった。でも、トムの家《いえ》の地下室《ちかしつ》が一番暗《ばんくら》くて、気味《きみ》が悪《わる》くて、クモの巣《す》だらけだ、とトムはかたく信《しん》じていた。

どうしてかも知《し》っている。

管理人《かんりにん》のエゴン・リーゼンパムペルは、子《こ》どもぎらいだ。このアパートにすんでいる子《こ》どもはトムとローラだけだったから、トムの家《いえ》が一番悪《ばんわる》い地下室《ちかしつ》になったにちがいない。

トムはほこりっぽいドアの前《まえ》にたつと、くちびるをきっとむすび、かくごしてめがねをかけなおした。地下室《ちかしつ》のドアがならんでいる、せまくて冷《つめ》たい廊下《ろうか》はうす暗《ぐら》いので、かぎをかぎ穴《あな》にさしこむのにいつも苦労《くろう》する。トムがドアをおすと、ギギィーと、ものすごくいやな音《おと》がした。

目《め》の前《まえ》にカビくさい闇《やみ》が大《おお》きく口《くち》をひらいた。

トムは勇気《ゆうき》をだして一歩《ぽ》中《なか》に入《はい》り、電気《でんき》のスイッチを手《て》さぐりでさがした。

あいつはどこにあるんだろう？　たくさんの指《ゆび》でねじりこわした古《ふる》くさい回転《かいてん》式《しき》のスイッチ。あった、ようやくさぐりあてた。トムがスイッチをぐるりとまわすと、小《ちい》さなみすぼらしい電球《でんきゅう》がもえるようにパッとかがやき、パチン！　とはじけてこなごなにわれた。

トムはびっくりしてドアにひじをぶつけてしまった。バタン！ と音《おと》がしてドアがしまった。トムはまっ暗《くら》な地《ち》下室《かしつ》にたったひとりだ。

　おちつけ、しっかりしろ。ぼろ電《でん》球《きゅう》がわれただけだ。でも、電球《でんきゅう》って、こんなにかんたんにわれるものかな？ 口《くち》の中《なか》がまるで紙《かみ》やすりみたいにカラカラだ。一歩《ぽ》うしろへ下《さ》がろうとすると、くつがなにかにべったりとはりついていて動《うご》けない。

トムは自分《じぶん》のはく息《いき》が聞《き》こえた。それから、小《ちい》さなカサカサという音《おと》。この暗闇《くらやみ》のどこかで、ママがつみあげた古新聞紙《ふるしんぶんし》の上《うえ》を、なにかがはっているのかもしれない。

「たすけて……」トムは小《ちい》さい声《こえ》でいった。

ウオオオオオオオオオ！

とつぜん、暗闇《くらやみ》の中《なか》からうめき声《ごえ》があがった。冷《つめ》たいカビくさい息《いき》がトムの顔《かお》の上《うえ》にかかり、氷《こおり》のように冷《つめ》たい指《ゆび》がトムの首《くび》をぐいっとつかんだ。

「どけ、どけぇー！　やめろ！」

トムはめちゃくちゃにあばれまわった。

氷《こおり》の指《ゆび》はトムの首《くび》をはなれて、耳《みみ》をひっぱった。暗闇《くらやみ》の中《なか》に、白《しろ》っぽいものが、かすかにみえる。緑色《みどりいろ》の目《め》をギラギラと光《ひか》らせて、髪《かみ》の毛《け》をなびかせ、

ばかにしたように笑《わら》っているなにかが。

（おばけ？）トムはあわてた。

「本物《ほんもの》のおばけだ！」

オオオウウウウアアアアー！

おそろしいものはうなり声《ごえ》をあげた。

トムは死《し》にものぐるいで、床《ゆか》にくっついたくつから両足《りょうあし》を一気《いっき》にひきぬいた。ふらふらと出口《でぐち》のところまでいき、ふるえる手《て》でドアをさぐった。おそろしいものは、トムの髪《かみ》の毛《け》とジャンパーをひっぱると、耳《みみ》をつんざくようなうなり声《ごえ》をあげた。トムがありったけの力《ちから》をふりしぼってドアをあけると、そいつはいかりくるったような金切《かなき》り声《ごえ》をあげてひきさがった。トムは恐怖《きょうふ》のあまり半分死《はんぶんし》んだようになって、よろよろと廊下《ろうか》にでた。

2　だれもわかってくれない

とつぜんしずかになった。

トムの手《て》がドアにあたって、ドアのしまる大《おお》きな音《おと》が廊下中《ろうかじゅう》にひびいた。トムはがくがくふるえるひざで階段《かいだん》をかけあがった。

(にげろ！　はやくにげるんだ！)

とちゅうで何回《なんかい》もうしろをふりかえったのに、今《いま》までにないほど、すごいはやさで四階《かい》についた。息《いき》をきらしながら玄関《げんかん》にたどりつき、ドアをドンドンと

たたいた。

上《うえ》の階《かい》にすむピンゲルさんが、大《おお》きな音《おと》に腹《はら》をたてて階段《かいだん》の手《て》すりごしにのぞきこんだ。小《ちい》さなとんがり鼻《ばな》をしたピンゲルさんはまるでカラスみたいだ。

「まあトム、なんてかっこうしてるの？」

トムはめがねをかけなおして、むしりとられた髪《かみ》の毛《け》をなでつけ、ピンゲルさんにきまり悪《わる》そうに笑《わら》いかけた。

それから、もう一度《ど》ドアをドンドンとたたいた。

「なにやってるの！」

ママはトムをしかりつけると、知《し》りたがりやのピンゲルさんを無視《むし》して、トムを家《いえ》の中《なか》にひっぱりこんだ。トムはへとへとにつかれて、ぐったりとかべにもたれかかった。

「ぼく、いったじゃないか！　いつもいっているのに、だれも信《しん》じてくれないんだ！」

トムはきだすようにいうと、しゃくりあげてくるのを必死《ひっし》にこらえた。

「なにいっているの？　それにくつはどこにやったの？」

ローラの部屋《へや》のドアがあいた。

「あらま、またなにかやったの？」そういうと、ローラはクスクスと笑《わら》った。

「下《した》におばけがいるんだよ！」トムは小声《こごえ》でいった。

「そ、それが、ぼくの首《くび》をしめようとして、それから……」

あとはローラのげらげら笑《わら》いにかきけされて、なにも聞《き》こえなかった。

「おばけですって。へぇー、ズッコケ・トムちゃん、あんたって最高《さいこう》ね！」

やっぱりいつものとおりだ。死《し》にものぐるいで、やっとにげてきたというのに、トムは自分《じぶん》の家族《かぞく》から、笑《わら》われてばかにされただけだった。

「ローラ、しずかにしなさい！」

ママはそういうと、トムが大《だい》きらいな、あのしらべるような目《め》つきでトムをじろじろとみた。

「それで、なにがあったの？」

「下《した》におばけがいるんだよ！」

「ローラ、トムをもう一度下《どした》につれていって、地下室《ちかしつ》にはジュースのビンと古《ふる》新聞《しんぶん》のほかにはなにもないことを教《おし》えてやってちょうだい。それから、トムのくつをもってきて！」

びっくりして、トムはママをみた。

「もう下《した》にはいかない！　ぼく、ぜったいにいやだ！」

でも、ママはドアをあけただけだった。

ローラはにやにや笑《わら》いながらトムの手《て》をつかんで、ぐいぐいひっぱった。

「さあ、いらっしゃい！　あんたのおばけをみにいきましょうよ！」

トムはさからってもむだなことがわかっていたので、しかたなくローラについていった。

「ころされちゃうよ」トムはいった。

「姉《ねえ》さんだってわかるよ、ぼくたち、

ころされちゃうよ！」

「そうよね」ローラはそういうと、クスクスと笑《わら》った。

トムはおこりたいのをがまんして、ローラにひきずられるようにして階段《かいだん》をおりた。

そして、ふたりは地下室《ちかしつ》のドアの前《まえ》にたった。

「おーい、おばけ！　かくごしなさいよ！」

ローラはそうさけびながら、ドアをおしあけた。

地下室《ちかしつ》はまっ暗《くら》でしずかだった。トムは息《いき》をころしてローラの肩《かた》ごしに中《なか》をのぞいた。でも、なにも動《うご》いていない。「ウオオオー」という声《こえ》も聞《き》こえてこないし、氷《こおり》の指《ゆび》もみえない。

くちぶえをふきながら、ローラは暗闇《くらやみ》の中《なか》に入《はい》っていった。

「なんで電気《でんき》がつかないのよ」ローラがぶつぶついった。

「電球《でんきゅう》がわれちゃったんだよ」トムは廊下《ろうか》にたったまま、かすかな声《こえ》でいった。

ローラは暗闇《くらやみ》の中《なか》をガサゴソとひっかきまわしはじめた。

「やだあ！　なにこれ？　このあたりベタベタよ！　あんたいったい、ここでなにしてたの！」

「オレンジジュースを二本《ほん》とりにきただけだよ」トムはそうつぶやくと、用心《ようじん》深《ぶか》くドアに一歩《ぽ》近《ちか》づいた。しかし、ギラギラと緑色《みどりいろ》の目《め》を光《ひか》らせて、ニタニタ笑《わら》う白《しろ》いものなんて、なにもみつからなかった。

（これじゃ、またばかにされてしまう！）

「ほら！」ローラが手《て》にもっていたくつをトムにおしつけた。くつ底《ぞこ》には銀色《ぎんいろ》に光《ひか》ったベトベトしたものが、べったりとくっついていた。

「おばけのベトベト汁《じる》だ」

「バカね。きっとここには大《おお》きなナメクジでもいるのよ」ローラはクスクスと笑《わら》いながら、また暗闇《くらやみ》の中《なか》にみえなくなった。

「ジュースはどこにあるの？」

ローラの声《こえ》がした。

でも、トムは返事《へんじ》ができなかった。暗闇《くらやみ》の中《なか》で、白《しろ》い手《て》がゆらゆらとトムの方《ほう》に合図《あいず》している！

「そこにいる！　ローラ、気《き》をつけ

て！」

ガシャーン！　ガチャガチャーン！

ローラのいる方《ほう》から音《おと》がした。

「なによ、気《き》でもくるったの？　あんたがママに説明《せつめい》してよね。ほら、みて！

少《すく》なくともビンが三本《ぼん》はわれたわ」

「だって、おばけがまたそこにいたんだよ」トムは必死《ひっし》になってさけんだ。

「そこだよ、そこに……！」

しかし、もうその手《て》はきえていた。

「どうかしてるわ」ローラはそういうと、地下室《ちかしつ》のドアをバタンとしめた。

「ほんとうにあんたはバカだわ。いっておくけど、わたしはあそこをかたづけないわよ。あんたがやるのよ。ひょっとしたら、あんたのおばけが手伝《てつだ》ってくれるかもしれないわね」

「やつがいたんだ！」トムは大声《おおごえ》でさけんだ。

「ぼく、みたんだよ。姉《ねえ》さんは鈍感《どんかん》なんだ」

「わかった、わかったわよ」ローラはそういうと、階段《かいだん》をあがった。

「あんたは前《まえ》にもUFO《ユーフォー》をみたのよね。でもただの飛行機《ひこうき》以外《いがい》のなにものでもなかったわよね。ふん！」

「あのときは、ぼくまだ小《ちい》さかったんだよ！」

トムはおこってそういうと、ローラのうしろからよろよろと階段《かいだん》をあがっていった。

「あんたは今《いま》だってチビだわ。おまけに、頭《あたま》もおかしいわ」

ローラはそういうと、長《なが》くて細《ほそ》い足《あし》で階段《かいだん》を二段《だん》ずつあがった。

けっきょく、ママがよごれたところをそうじしてビンの破片《はへん》をかたづけた。

「こうしておかないとけがするでしょう！」

ママはそういうと、頭《あたま》をふってため息《いき》をついた。

パパは息子《むすこ》には想像《そうぞう》力《りょく》がありすぎるんじゃないかというし、ローラはまわりの人《ひと》たちに、ついに弟《おとうと》は頭《あたま》がおかしくなったといいふらした。

でもトムは自分《じぶん》がなにをみたのか、ちゃんとわかっていた。トムは地下室《ちかしつ》にはもちろんのこと、その近《ちか》くにいくことさえきっぱりとことわって、日曜日《にちようび》をまった。というのは、日曜日《にちようび》にはおばあちゃんが食事《しょくじ》にくるからだ。おばあちゃんはパパやママのようにひたいにしわをよせたりしないで、トムの話《はなし》を聞《き》いてくれる。

でも、日曜日《にちようび》までまだ三日《か》もある。トムは昼《ひる》の間《あいだ》こそ、やっとのことで階段《かいだん》のところをとおっていたが、夜《よる》はベッドに横《よこ》になって、心臓《しんぞう》をどきどきさせながら、暗闇《くらやみ》の中《なか》でじっとしていた。おばけなんてやつはひきょうにきまっている。かべや天井《てんじょう》をすうっととおりぬけて、いつどこからくるか、まったくわかったもんじゃない。そんなわけで、日曜日《にちようび》にはトムは目《め》の下《した》にクマができるほど、くたくたにつかれきっていた。

「いったいなにがあったの？　病気《びょうき》かい？」

おばあちゃんはびっくりしていった。

「ばかばかしい。頭《あたま》がおかしいだけよ。それどころか、最近《さいきん》おばけをみたんですって」ローラがいった。

おばあちゃんは心配《しんぱい》そうにトムをみると、手《て》をとっていっしょにトムの部屋《へや》にいった。
「さあ、話《はな》してごらん？　トム、いったいなにがあったの？」
おばあちゃんはそういうと、太《ふと》くて短《みじか》い腕《うで》をくんだ。
そこで、トムはこわれた電球《でんきゅう》のこと、氷《こおり》の指《ゆび》やギラギラとした緑色《みどりいろ》の目《め》のこと、「ウオオー」という声《こえ》や白《しろ》い手《て》が合図《あいず》したことについて、なにもかもおばあちゃんにうちあけた。

「ふむ！　こまったわね。でもわたしにはたすけてあげられそうもないわ」

「だめなの？　どうしよう！」

トムはそうつぶやくと、がっかりして、うつむいた。

「でもね」おばあちゃんはそういうと、かんがえごとをするときにはいつもそうするように、真珠《しんじゅ》のネックレスをつまんだ。

「わたし、おばけのあつかいになれている友《とも》だちがいるのよ。その友《とも》だちの住《じゅう》所《しょ》を教《おし》えてあげるわ」

3　ゴーストハンター・キュンメルザフト

月曜日《げつようび》の放課後《ほうかご》、トムはすぐにでかけた。住所《じゅうしょ》はわかっている。いつもママにむりやりつれていかれる歯医者《はいしゃ》とおなじ通《とお》りだ。なんだかいやな予感《よかん》がする。

おばあちゃんの友《とも》だちは、入《い》り口《ぐち》に四つベルがある細《ほそ》くて暗《くら》いアパートにすんでいた。一番上《ばんうえ》のベルの横《よこ》に、「ヘートヴィヒ・キュンメルザフト」と名前《なまえ》があった。

（名前《なまえ》のように、へんな人《ひと》でないといいけどな）

トムはベルをおしながらそう思《おも》った。暗《くら》い階段《かいだん》をあがっていくとちゅう、不《ふ》安《あん》でおなかがいたくなった。

ヘートヴィヒ・キュンメルザフトは玄関《げんかん》のドアをあけてまっていた。トムが息《いき》をきらせながら階段《かいだん》をあがってくるのをみると、おどろいてまゆをつりあげた。トムのおばあちゃんとは、まるでちがう。やせこけて、背《せ》が高《たか》くて、つんとした鼻《はな》をしていて、頭《あたま》の上《うえ》にはふさふさと白《しろ》くカールした髪《かみ》の毛《け》があった。

「まあ、ずいぶんお若《わか》い方《かた》なのね！　なんのご用《よう》かしら？」

キュンメルザフトさんは低《ひく》い声《こえ》でトムに話《はな》しかけた。

「ぼく、えーと……」

トムは最後《さいご》の段《だん》まであがりきると、めがねをきちんとかけなおした。

「あのう、ぼく、トムといいます。おばあちゃんがぼくをよこしたんです」

「そう、きみのおばあちゃんね。だれかしら、お名前《なまえ》を聞《き》いてもいいかしら？」
「ああ、そうでした。アンナ・ベルベリッツです。おばあちゃんが、よろしくって、それからあなたがぼくをたぶんたすけてくれるだろうって、いっていました。あのう、でも、ぼく、たくさんはおしはらいできないんです」
「そんなこと気《き》にしないでいいのよ。わたしの親友《しんゆう》のおまごさんなら、とうぜん無料《むりょう》よ」

キュンメルザフトさんはそういうと、トムを居間《いま》にまねき入《い》れた。

「いそいで紅茶《こうちゃ》を入《い》れるわね。レモン入《い》り、それともなしでのむ？」

「入《い》れてください」

いつもほとんど紅茶《こうちゃ》はのまないのに、トムは思《おも》わずそうこたえてしまった。

キュンメルザフトさんが、台所《だいどころ》でカタカタと音《おと》をたてている間《あいだ》に、トムはまわりをみまわした。なんてかわった部屋《へや》なんだろう！　そこらじゅうに鏡《かがみ》がかかっていて、テーブルの板《いた》も鏡《かがみ》になっていた。二つのいすとソファーもおかしな形《かたち》をしている。まるでおばけのすわるいすみたいだ。トムの頭《あたま》の上《うえ》にある電灯《でんとう》はまるでほかの星《ほし》からきたものみたいだ。じゅうたん、カーテン、かべ紙《がみ》、家具《かぐ》、みんな赤《あか》い色《いろ》をしている。たったひとつふつうのものといえば本《ほん》だなだけだった。

「はい、紅茶《こうちゃ》よ」

キュンメルザフトさんはそういって、UFO《ユーフォー》のようにひらたいポットを鏡《かがみ》のテーブルの上《うえ》においた。トムにさしだしたカップも赤《あか》い色《いろ》をしている。トムはスプーン四杯《はい》も砂糖《さとう》を入《い》れた。紅茶《こうちゃ》は思《おも》ったよりおいしかったけど、熱《あつ》い湯気《ゆげ》がトムのめがねをくもらせた。二口《くち》めをのむと、まるでモグラみたいになにもみえなくなってしまった。

「さあて、わたしにたすけてもらいたいことってなにかしら？　お若《わか》い方《かた》」

トムはあわててめがねをふいて、鼻《はな》の上《うえ》にかけなおした。

「ぼくの家《いえ》の地下室《ちかしつ》に……」

トムはテーブルの鏡《かがみ》の中《なか》に、まっ赤《か》になっている自分《じぶん》がみえた。

「ぼくの家《いえ》の地下室《ちかしつ》におばけがでるんです！」

「あら、どんなたぐいのものなの、話《はな》してくださらないこと？」

「ど、どんな種類《しゅるい》って？」

「そう、とてもいろいろなおばけがいるのよ。どんなようすだったの？」

トムはびっくりして、すぐにこたえることができなかった。

「あ、あのう……白《しろ》、そう白《しろ》くて、それに氷《こおり》の指《ゆび》とギラギラした緑色《みどりいろ》の目《め》をしていて、ものすごくおそろしい声《こえ》で笑《わら》うんです！」

「どのくらいの大《おお》きさだったの？」

「かなり大《おお》きくて、ほとんど地下室《ちかしつ》の天井《てんじょう》にぶつかりそうでした」

「それなら、たいした大《おお》きさじゃないわ」

キュンメルザフトさんはあっさりといった。

「らくに高層《こうそう》ビルくらい大《おお》きくなるおばけもいるのよ。床《ゆか》になにかくっつかな

かったかしら?」

「ぼくのくつが床《ゆか》にくっつきました」

トムはそういいながら、ビルの大《おお》きさのおばけを想像《そうぞう》して不安《ふあん》になった。

「それを床《ゆか》からはがしたの?」

「なんですか?」

「きみのくつよ!」

「あ、ああ、ぼくの姉《ねえ》さんがそれをはがしました」

「ふむ!」キュンメルザフトさんは鼻《はな》のてっぺんをトントンとたたきながら、

じっとかんがえこんでいた。

「もう一つ最後《さいご》の質問《しつもん》よ。そいつはなにをしたの」

「ぼくのこと、あちこちひっぱったんです」

トムは思《おも》いだしただけで、鳥肌《とりはだ》がたった。

「そして、冷《つめ》たい指《ゆび》でぼくの首《くび》をしめて、ぞっとする声《こえ》でうなったんです」

「まちがいないわ。トム」

キュンメルザフトさんは、トムに紅茶《こうちゃ》をたしながらいった。

「きみのうちの地下室《ちかしつ》にはMUG《マグ》がいるのよ。〈まあまあ・うざったい・ゴースト〉、つまり、中《ちゅう》くらいこわいおばけのことよ。MUG《マグ》なら不幸中《ふこうちゅう》のさいわいだわ。ヘートヴィヒ・キュンメルザフトにはすでに経験《けいけん》ずみよ、たいしたことないわ」

「じゃあ、そいつを退治《たいじ》してくれるんですね！」

しずんでいたトムの心《こころ》がパッと明《あか》るくなった。

「いいえ、わたしじゃないわ」

老婦人《ろうふじん》はそういうと、本《ほん》だなからぶあつい赤《あか》い表紙《ひょうし》の本《ほん》をとりだした。

「きみが自分《じぶん》で退治《たいじ》するのよ、お若《わか》い方《かた》。わたしが教《おし》えてあげるわ」

それを聞《き》くと、トムはまたおちつかなくなった。

「どうやったらいいんですか？」

「いともかんたんよ」キュンメルザフトさんはあつい本《ほん》のページをめくった。

「ああ、ここにあるわ。MUG《マグ》の退治《たいじ》。よく聞《き》いてトム、よみあげるわね……」

4 暗闇《くらやみ》に光《ひか》るベトベトのあと

トムはベッドにすわって、指《ゆび》のつめをかんでいた。

めざまし時計《どけい》をみるのも、これで九百九十九回目《かいめ》だ。夜中《よなか》の十一時《じ》十分前《ぷんまえ》。十一時《じ》きっかりに地下室《ちかしつ》にいかなくてはいけない。その時間《じかん》はMUG《マグ》が一番《ばん》よわくなるときだって、キュンメルザフトさんがいっていた。

トムはゴースト退治《たいじ》の装備《そうび》をじゅうたんの上《うえ》にならべた。

（どうしてよりによって、ぼくがこんなくだらないおばけ退治《たいじ》をしなきゃいけ

ないんだ。おばけのやつ、ぼくじゃなくて、ローラの首《くび》でもしめてくれればよかったのに）

トムは腹《はら》だたしく思《おも》った。しかし、ここでもんくをいってもなにもかいけつしない。退治《たいじ》しなきゃ。そうしないと毎晩一睡《まいばんいっすい》もできなくなってしまう。

トムはため息《いき》をつきながら、めがねをはずしてていねいにふいた。キュンメルザフトさんのアドバイスで、赤《あか》いものだけを身《み》につけていたけど、それだってそんなにかんたんじゃなかった。ニットの上着《うわぎ》はパパのところからくすねてきたし、ソックスはローラのだ。

十一時《じ》五分前《ふんまえ》。トムは湯《ゆ》たんぽをT《ティー》シャツの下《した》につめこんだ。（チェッ、ぞっとする！）さいわいなことに、ママはトムがこんなすごいものでいっぱいになっている姿《すがた》をみていない。トムのこんなかっこうをみたら、ママはきっとたおれてしまうにちがいない。

「あたたかいものはMUG《マグ》をすごくこわがらせるのよ」

キュンメルザフトさんがそういっていた。

そうだといいけど。それにしても湯《ゆ》たんぽをT《ティー》シャツの下《した》に入《い》れるのは、気《き》持《も》ち悪《わる》いし、じゃまになる。

それから、トムはくつのスペアをベルトにはさんで、ママの鏡《かがみ》を首《くび》にかけた。つぎに、ローラの大切《たいせつ》にしている香水《こうすい》を上《うえ》から下《した》までふりかけ、カセットテープレコーダーをわきにかかえた。

「小《ちい》さなおばけには音楽《おんがく》がいい武器《ぶき》なのよ。もちろん、正《ただ》しいのをえらばないといけないけど、個人的《こじんてき》にはいつもモーツァルトをすすめているわ。MUG《マグ》の場合《ばあい》、実際《じっさい》、モーツァルトで一度《ど》もしくじったことはないのよ」とキュンメル

RIO
ROS

ザフトさんがアドバイスしてくれた。

モーツァルトのカセットはパパとママの部屋《へや》でみつけてきた。あとは生《なま》たまごだけだ。トムは注意《ちゅうい》して生《なま》たまごを上着《うわぎ》のポケットに入《い》れた。

「絶対《ぜったい》に懐中電灯《かいちゅうでんとう》をつかってはだめよ、トム！　懐中電灯《かいちゅうでんとう》はおばけをすごく興奮《こうふん》させてしまうのよ。おばけは光《ひか》るから、そのあかりでよくみえるはずよ」

トムは懐中電灯《かいちゅうでんとう》があったほうがいいと思《おも》ったけど、キュンメルザフトさんが絶体《ぜったい》にだめというのだからしかたがない。

トムはもう一度自分《どじぶん》をしらべるようにながめまわした。

そして、ベッドにねているようにみせかけるため、枕《まくら》を二、三個《こ》かけぶとんの下《した》におしこむと、だれにもみつかりませんようにと思《おも》いながら、電気《でんき》をけして、部屋《へや》のドアをあけた。

ぴったり十一時《じ》。

だれもトムをみていなかった。そりゃあそうだろう。ローラはウォークマンをつけてベッドにねころがって、甘《あま》い音楽《おんがく》をきいているにきまっている。ママとパパはテレビをみているにちがいない。

ふきぬけの階段《かいだん》にもなんの動《うご》きもない。しかし、トムは用心《ようじん》して廊下《ろうか》の電気《でんき》をつけないことにした。電気《でんき》をつけたら、たちまちピンゲルさんにみつかってしまう。廊下《ろうか》の窓《まど》からさしこむ街灯《がいとう》で、なんとかあるくことができた。

音《おと》をたてないようにこっそりとあるき、シュマルツシュミーリクさん、ダッケルマン一家《いっか》、そして、リナルディーニさんの玄関《げんかん》の前《まえ》をとおりすぎた。

どこのドアからもテレビの雑音《ざつおん》が聞《き》こえてくる。いつもとおなじだ。ぼくがこの建物《たてもの》をいやらしいおばけからすくいだそうというのに、みんなはのん気《き》に

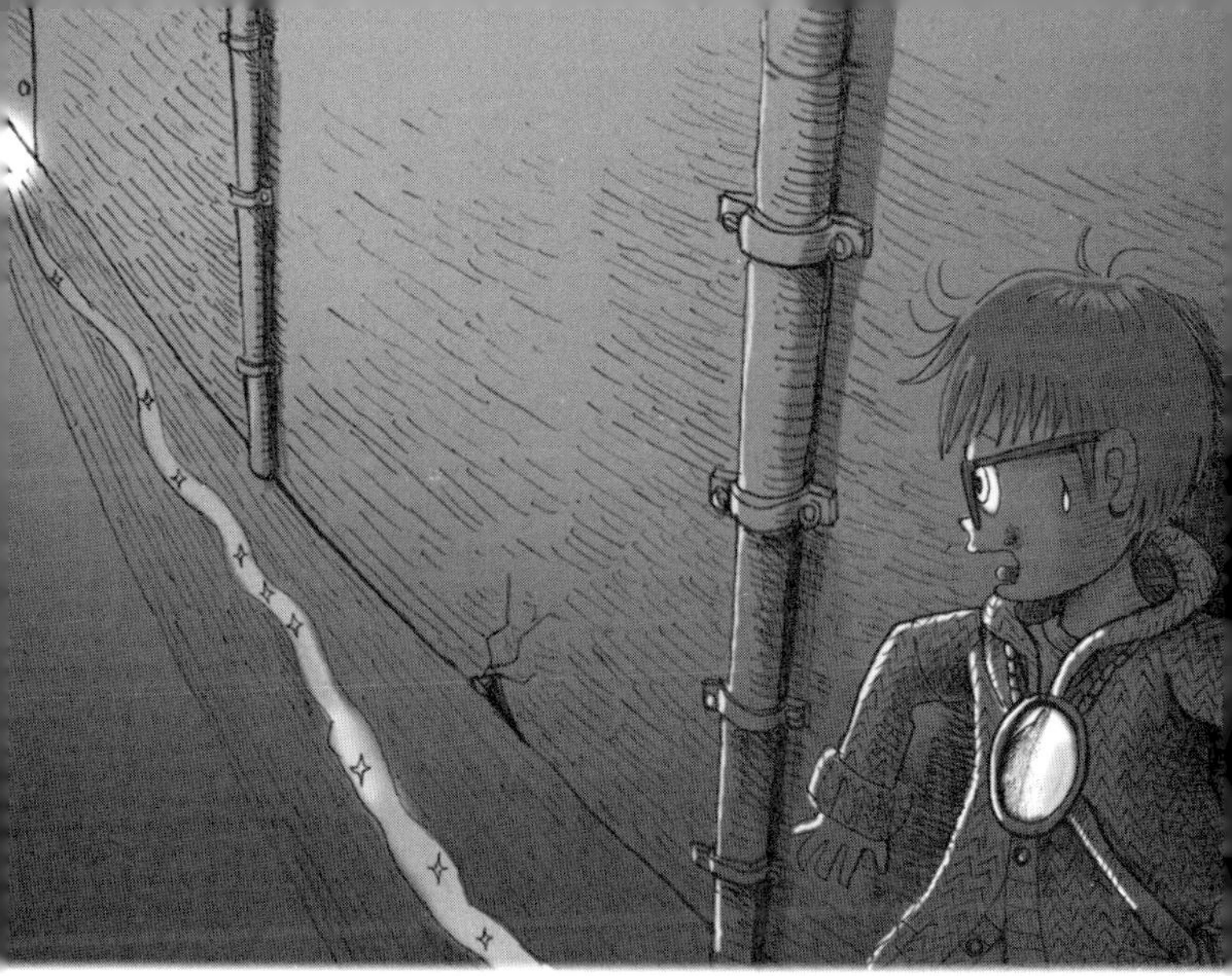

テレビなんかみているんだ。

トムがため息《いき》をついた瞬間《しゅんかん》、体《からだ》が棒《ぼう》のようにこわばった。

二、三段下《だんした》、ちょうどリーゼンパムペル管理人《かんりにん》の家《いえ》の前《まえ》に、青《あお》カビ色《いろ》のほのかな光《ひかり》のようなものがちらちらと動《うご》いている。地下室《ちかしつ》にいたおばけだ。まちがいない。

トムは湯《ゆ》たんぽをかかえているのに鳥肌《とりはだ》がたった。キラキラ光《ひか》るベトベトの足《あし》あとが、暗《くら》い階段《かいだん》の上《うえ》から管理人《かんりにん》の玄関《げんかん》マットの上《うえ》まで長《なが》くのびていた。まるでおしゃぶりキャンディーでもはきだしたようにみえる。

やっぱり、このまま上《うえ》にもどろう。ばかな管理人《かんりにん》はおばけにこられて腹《はら》をたてるだろうけど、大事《だいじ》なのはおばけがうちの地下室《ちかしつ》からでていくことなんだ。

そう思《おも》って、トムが向《む》きをかえようとしたちょうどそのとき、とつぜんおばけがトムの上《うえ》の方《ほう》にあらわれた。

おばけはギラギラ光《ひか》る緑色《みどりいろ》の目《め》を大《おお》きくひらき、一メートルぐらいの大《おお》きさにふくらむと、氷《こおり》の指《ゆび》をトムの方《ほう》にのばしてきた。

パパの上着《うわぎ》が肩《かた》からずりおちそうになるくらい、トムはガタガタふるえた。

(もうだめだ!)トムは目《め》をつぶった。

ところが、氷《こおり》の指《ゆび》はトムをつかまなかった。かすかなうめき声《ごえ》が階段《かいだん》のふき

ぬけをかすめただけだった。トムはゆっくりと目《め》をあけた。おばけはトムの胸《むね》にある鏡《かがみ》をじっとみつめて、もう一度《ど》うめき声《ごえ》をあげると、あわてて階段《かいだん》の下《した》にゆらゆらととんでいった。

ガチガチとなっていたトムの歯《は》の音《おと》がすぐにとまった。おそろしいやつはにげた！　トムの前《まえ》からにげていった！　一対《たい》〇、やった！　キュンメルザフトさんの勝《か》ちだ！　トムにものすごい勇気《ゆうき》がわいてきた。これは絶対《ぜったい》に勝《か》てるぞ！　トムは管理人《かんりにん》のドアの前《まえ》をとおり、いきおいよく階段《かいだん》をかけおりた。

鏡《かがみ》があごにぶつかり、スペアのくつはバンドからおちてしまった。湯《ゆ》たんぽはTシャツ《ティー》の中《なか》からすべりおちそうになり、おまけにあのおばけのベトベトをよけてはしらなければならなかったけど、トムをとめるものはもうなにもない。トムはあっというまに地下室《ちかしつ》についていた。

おばけはトムの前《まえ》の長《なが》くせまい廊下《ろうか》を、声《こえ》をあげながらとんでいった。管理人《かんりにん》、ピンゲルさん、そしてシュマルツシュミーリクさんの地下室《ちかしつ》のドアをとおりすぎた。それから、くるりと向《む》きをかえると、とつぜん声《こえ》をあげてみえなくなった。おばけはトムの地下室《ちかしつ》のドアをとおりぬけたのだ。

トムはたちどまり、息《いき》をはずませた。

「ドアなんておばけにはぜんぜん役《やく》にたたない！」

トムはふるえる手《て》でかぎをあけた。

それから、カセットレコーダーのスイッチを入《い》れた。ボリュームをいっぱいにすると、地下室《ちかしつ》いっぱいにオーケストラの大音量《だいおんりょう》がひびきわたった。

ヒイイイ！

おばけは金切《かなき》り声《ごえ》をあげてグニャグニャになり、すみっこにあとずさりした。

トムは新《あたら》しくなった電球《でんきゅう》のスイッチを入《い》れた。すると、パチン！と音《おと》がしてまたこなごなにわれた。

（どうってことないさ。あいつなんかすぐにつかまえてやる）

「ひ、ひどーい！」おばけはのどをつまらせると、青《あお》い色《いろ》にかわった。あきらかにローラの香水《こうすい》の効果《こうか》だ。トムが手《て》さぐりで暗闇《くらやみ》の中《なか》をすすんでいくと、とつぜんカセットのバッテリーが切《き》れた。あせってカセットをゆすったが、そいつはピーともいわない。まずい。とてもやっかいなことになった！

すぐにおばけは天井《てんじょう》まで大《おお》きくなった。大声《おおごえ》をあげてふくらむと、鏡《かがみ》にむかつくような黄色《きいろ》い液《えき》をはきだした。そして、ニタニタと気味悪《きみわる》く笑《わら》いながら、トムの上《うえ》でゆれはじめた。

もどろうとしたとき、トムはまたくつが床《ゆか》にくっついていることに気《き》がつい

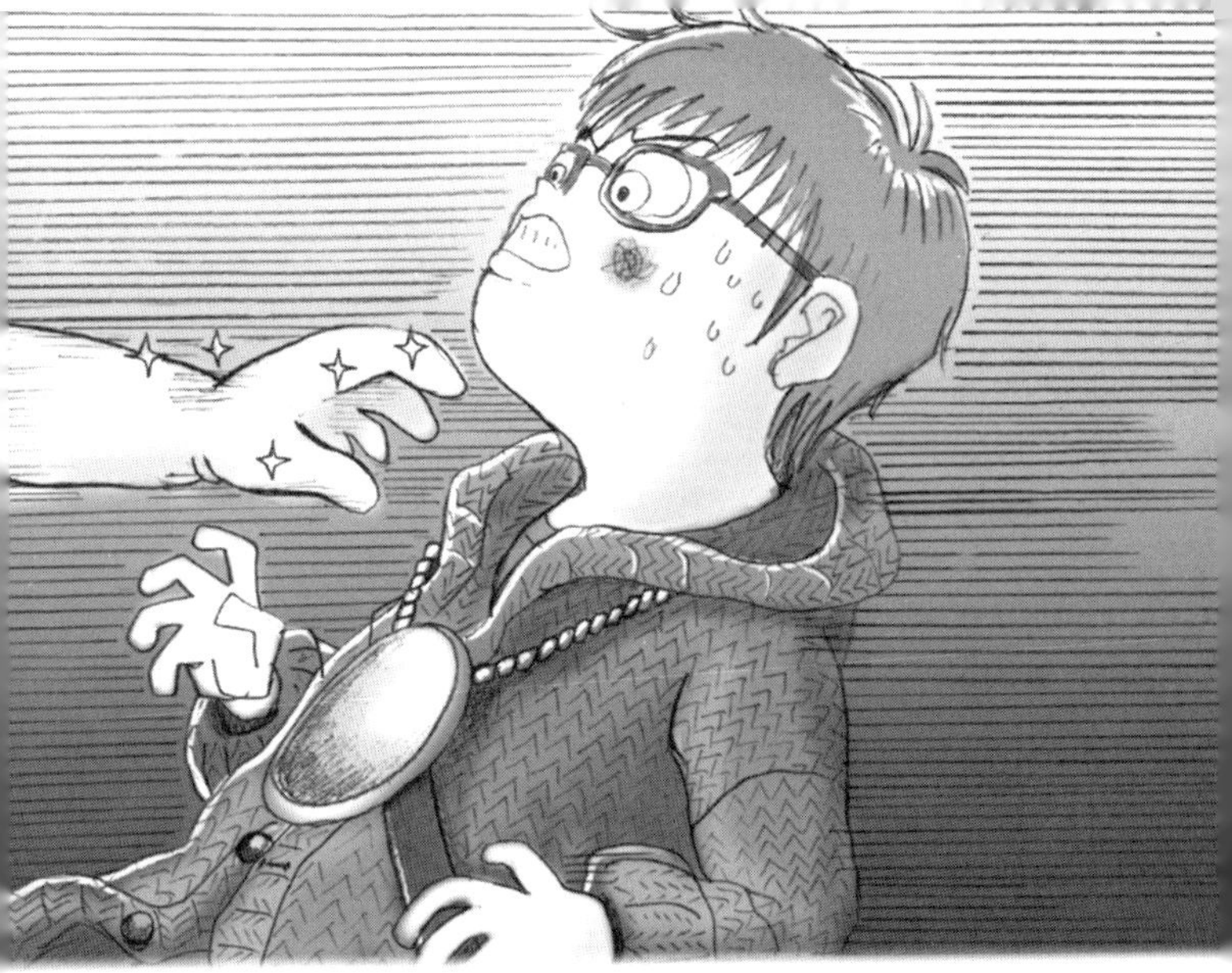

た。くつのスペアは上《うえ》にある。しまった。

イエエエハアアアー！

おばけはわめき声《ごえ》をあげて、氷《こおり》の指《ゆび》でトムをつかんだ。ところが、とつぜん、くるしそうにトムからとびのいた。湯《ゆ》たんぽだ。二対《たい》〇、キュンメルザフトさんの勝《か》ち！

「おい、よろこぶのははやかったな、いやなやつ」

トムはそうさけぶと、ポケットから

生《なま》たまごをとりだした。

「ほら、おまえにくれてやるものが、まだあるぞ！」

ピシャッ！　たまごはおばけの青《あお》ざめた胸《むね》のまん中《なか》に命中《めいちゅう》した。

「ウエエヒイイー！」おばけはさけび声《ごえ》をあげると、あわてて自分《じぶん》にとびちったたまごをこすりおとそうとした。それから、とつぜん泣《な》きだして、トムより頭《あたま》ひとつ小《ちい》さくなるくらいしぼんでしまった。

「うちの地下室《ちかしつ》からきえうせろ！　すぐにだ！」

「いや、いや、いや、いやーだ」おばけは鼻《はな》をすりあげ、よごれた指《ゆび》を顔《かお》におしあてた。「おー慈《じ》ー悲《ひ》ーをーおねがーい！」

トムはあきれて、めがねをかけなおした。

「どこにいけばいいのか、わからないんだよ！」

おばけは緑色《みどりいろ》の目《め》をぎょろぎょろさせた。

キュンメルザフトさんは、泣《な》くおばけについては、なんにもいっていなかった。トムはどうしたらいいのかわからなくなり、ジュースの箱《はこ》の上《うえ》にすわった。

これはトリックだろうか？　それにしても、このおばけはもうちっとも危険《きけん》そうにみえない。それどころか少《すこ》しピンク色《いろ》に光《ひか》っていた。

「ずっと、ここにすんでいるの？」トムは聞《き》いた。

「ばかなこというなよ！」おばけはおこってカビ色《いろ》にそまった。

「こんな三流《りゅう》の地下室《ちかしつ》にくらして、楽《たの》しいと思《おも》うのかい？　ほかにどうしようもなかったんだ」そういうと、また泣《な》きはじめた。

「前《まえ》はどこにすんでたの？」トムは聞《き》いた。

「きみに関係《かんけい》ないだろ！」

おばけはこわれた電球《でんきゅう》のようにチラチラとゆらめいた。

「じゃあ、いいさ。きえろよ！　それとも十個《こ》入りのたまごパックをとってこようか？」

「おどすのか！」おばけは鼻《はな》をすりあげ、おこって目《め》をぎょろぎょろさせた。

「チェッ、きみはいやな性格《せいかく》しているな。事情《じじょう》を話《はな》すにはかなしすぎるんだよ」

「話《はな》してみろよ」トムはだんだん興味《きょうみ》がわいてきた。

「話《はな》したら、ここにいてもいいんだね」

おばけはそういうと、また自分《じぶん》にくっついたたまごをおとした。

「まずは話《はなし》を聞《き》かなきゃあ」トムはいった。

「チェッ」おばけはもう一度《ど》つぶやくと、つみあげた古新聞《ふるしんぶん》の上《うえ》にすわって話《はな》しはじめた……。

5　おばけもこわがるおばけ

　トムが聞《き》いた話《はなし》を人間《にんげん》のことばにすると、だいたいこのようになる。

　おばけのすんでいたのは町《まち》はずれの古《ふる》いお屋敷《やしき》だった。もう百五十年以上《ねんいじょう》もそこにすみついていた。その家《いえ》は暗《くら》くてじめじめしていて、玄関《げんかん》ホールには小《ちい》さなこだまがひびいて、住人《じゅうにん》はいつもおもしろいほどこわがっていた。つまり、おばけにとっては、最高《さいこう》にしあわせなところだった。そう、先週《せんしゅう》の金曜日《きんようび》までは……。

「それは夜《よ》あけ前《まえ》のことだったんだ」

おばけはすすり泣《な》きながら、話《はな》しはじめた。

「ぼくがちょうど、さんぽをやめて、ねようとしたところに、やつがあらわれたんだ。ぞっとするほどいやらしい、おお、とってもいやなやつ！『おまーえの家《いえ》が気《き》にいったぞうー！』ってうなると、ぼくをつかまえて屋根《やね》にひきずっていって、それから大《おお》きく息《いき》をすいこんで、ぼくを『ぷぅー』とふいて、うちからおいだしたんだ！」

おばけはしゃくりあげながら、だんだん小《ちい》さくなった。緑色《みどりいろ》の目《め》からは、なみだではなく、ほんの少《すこ》し銀色《ぎんいろ》のちりがでただけだった。

つまりこのおばけは、大《おお》きなおばけの息《いき》にふきとばされて、トムのすんでいるこの通《とお》りまでころがされてきた。そして、夜《よ》があけて明《あか》るくなってきたので、あわてて一番暗《ばんくら》くて古《ふる》そうな家《いえ》をさがして、この地下室《ちかしつ》にすべりこんだのだ。

「ここはクモやワラジムシのすてきなにおいがする」

おばけはそういうと、青白《あおじろ》い手《て》をよじりあわせて泣《な》きだした。

「でも、でも、またここをおいだされたら、ぼくはどうしたらいいんだろう……」

トムはめがねをはずしてふいた。いきづまって、どうしていいかわからなくなったときには、いつもそうする。かなり心《こころ》がいたんだ。

「きみは名前《なまえ》があるの？　ただおばけっていうの？」

「ぼくフーゴっていうんだ！」おばけは大《おお》きな声《こえ》でいった。

「それって、ちっともこわそうな名前《なまえ》じゃないね」

トムはそういって、めがねをかけた。

「なんで？　名前《なまえ》だもの。ぼくのせいじゃないよ。じゃあ、きみの名前《なまえ》はなん

ていうんだい」

フーゴはむっとして、いった。

「ト・ム!」

「ふん、きみのだって、ちっともよくないじゃないか!」

そういうと、フーゴはまたかなしんで泣《な》きだした。

「やめろよ、ぼくにかんがえがある。ぼく、かなりおばけにくわしい人《ひと》を知《し》っているんだ。あ、つまりそのう……おばけはなにがきらいか、その人《ひと》に教《おし》えてもらったんだよ」

「あっ！　ぼくに生《なま》たまごをなげつけたのも、それでか！」

フーゴはおこってカビ色《いろ》になった。

「もういいだろ。そうそう、たぶんその人《ひと》は、大《おお》きなおばけをどうやったら、きみの家《いえ》からおいだすことができるか知《し》っていると思《おも》うよ」

「ほんとう？」

フーゴはそうささやくと、興奮《こうふん》してゆらゆらとゆれた。

「ほんとうにできるのかな？」

「あした、聞《き》いてみるよ。だから、きみはここでしずかにしているんだよ。いいかい？　でも、きみのせいで階段《かいだん》はもうベトベトになっているから、管理人《かんりにん》はかんかんになっておこるだろうけどさ」

「ふん！」フーゴはむっとなり、ジャガイモの箱《はこ》のうしろにさえた。

トムはあくびをしながら、地下室《ちかしつ》の階段《かいだん》をあがると、なにもかんがえずに、一階《かい》の入《い》り口《ぐち》のドアをあけた。

「おい、トム、おまえだったのか！」頭《あたま》の上《うえ》で、声《こえ》がなりひびいたかと思《おも》うと、つぎの瞬間《しゅんかん》、トムは空中《くうちゅう》で足《あし》をばたばたさせていた。

「まっていろ、こぞうめ」管理人《かんりにん》、エゴン・リーゼンパムペルのうなり声《ごえ》だ。

「さあ、おまえのひざがいたくなるほど、ごしごしあらえ。ほら、ここだ！」

そういうと、管理人《かんりにん》はトムの腕《うで》の下《した》からすばやくカセットレコーダーをとりあげた。

「ま夜中《よなか》にこんなものをもってうろついているなんて、安眠妨害《あんみんぼうがい》だ！」

「はなしてください！　ぼくはなにもしていません！」

「そうかな?」

管理人《かんりにん》の冷《つめ》たい声《こえ》は、どなり声《ごえ》よりもっとこわかった。

「わしのマットを、よおく、みろ! ほら、階段《かいだん》のここもだ。どうだ」

そういうと、リーゼンパムペルは、ベトベトによごれたマットにトムの鼻《はな》をおしつけた。

「これがよごれていないっていうのか!」

「ぼくじゃありません!」トムは腹《はら》をたてていいかえした。

「おろしてください、でないと大声《おおごえ》をだします!」

「やってみろよ。ま夜中《よなか》に地下室《ちかしつ》でなにをしていたか、両親《りょうしん》にいえるかな」

管理人《かんりにん》はニタリと笑《わら》った。トムはなにもいえなかった。

「はは、きゅうにしずかになったな。どうした?」

管理人《かんりにん》は笑《わら》って、トムをたちあがらせた。

「そこを動《うご》くなよ、いいな。今《いま》、すばらしく大《おお》きなバケツと、でっかいぞうきんをもってくるからな。そしたら、おまえはだまって、すばやく、よごれをきれいにおとすんだぞ」

トムはくちびるをかみながら、うなずいた。そうするよりほかなかった。

トムは朝《あさ》の三時《じ》までかかって、階段《かいだん》のよごれをごしごしとあらいおとした。

その間《あいだ》、アパートの人《ひと》たちは、もちろんトムの愛《あい》する家族《かぞく》もふくめて、あたたかいベッドの中《なか》でぐっすりねむっていた。

6 勇気《ゆうき》ある決断《けつだん》

「あら、おどいたわ！　トム」キュンメルザフトさんはそういいながら、トムをまた奇妙《きみょう》な家《いえ》にむかえ入《い》れた。

「わたしのアドバイスは役《やく》にたたなかったの？」

「いいえ、それどころか最高《さいこう》でした。あのう……」

トムはソファーの上《うえ》にリュックサックをおいて、そのとなりにすわった。

「また、問題《もんだい》がおこったんです」

「まあ、いいわ。紅茶《こうちゃ》を入《い》れてくるわね」

キュンメルザフトさんはすぐに台所《だいどころ》にきえた。

そのとたん、トムのリュックサックの中《なか》からゴソゴソと白《しろ》い手《て》がでてきた。

トムはむっとなって、リュックサックにむかっていった。

「おい、約束《やくそく》しただろう。ぼくがいいというまで、その中《なか》にいろよ。いいな」

「この中《なか》は、ものすごくいごこちが悪《わる》いんだよ！」

キュンメルザフトさんがドアから鼻《はな》をつきだして、いった。

「それはそうと、ねえ、きみのリュックサックの中《なか》にいるおばけに、でてくるように、いってね」

トムは口《くち》がきけないほどおどろいた。

「トム、リュックサックにおしこめたって、おばけのいることはわかるのよ。

カビくさいおばけのにおいを、このわたしがみのがすとでも思《おも》っているの？ちょっとまって、すぐにカーテンをしめるわ。そうしないと、きみの不気味《ぶきみ》なお友《とも》だちは、昼間《ひるま》の光《ひかり》で気分《きぶん》が悪《わる》くなってしまうわ」

もちろんカーテンも、このおかしな部屋《へや》にあるいろいろなものとおなじように赤《あか》い色《いろ》をしていた。

フーゴはこまったような顔《かお》をして自分《じぶん》のかくれ家《が》からでてくると、まわりをきょろきょろとみまわした。

「チェッ、オオオ、チェッ。この部屋《へや》は吐《は》き気《け》がする」

フーゴは両手《りょうて》を顔《かお》の前《まえ》におしつけて、指《ゆび》の間《あいだ》からのぞきみた。

「ぞっとするような赤《あか》い色《いろ》ばかり。それに鏡《かがみ》だらけだ。ひどい……」

「ごめんなさいね」キュンメルザフトさんはいった。

「ほら、わたしはときどき、とても危険《きけん》なおばけにかかわっているでしょ。だから、部屋《へや》をこうしておくのは、やつらをよせつけないためなの。かなり効果《こうか》があるのよ」

「オオ、オオ、がまんできない」

フーゴはそういうと、さっと、トムのリュックサックの中《なか》にかくれてしまった。キュンメルザフトさんはしかたがないわ、というように肩《かた》をすくめて、台所《だいどころ》から紅茶《こうちゃ》をはこんできた。

「つぎの問題《もんだい》がおこったのね、トム。わたしが思《おも》うには、きみのお連《つ》れのことね」

トムは紅茶《こうちゃ》を甘《あま》くしようと、カップにものすごくたくさん砂糖《さとう》を入《い》れていた。

「そのとおりです」

そして、トムはキュンメルザフトさんに、フーゴのかなしい物語《ものがたり》をのこら

ず話《はな》した。
トムが話《はな》しおえると、ヤュンメルザフトさんは、つんとした鼻《はな》をこすりながら、しばらくかんがえこんでいた。
「そうねえ、今《いま》の話《はなし》だけど、わたしの知《し》っている屋敷《やしき》とおなじ家《いえ》だと思《おも》うわ。最近《さいきん》、さんぽにでかけて、古《ふる》い屋敷《やしき》のそばをとおったとき、その家《いえ》からおそろしく強《つよ》いおばけのにおいがしていたわ。そうねえ、きみ、今度《こんど》のはかなり問題《もんだい》よ」

トムは息《いき》をのんだ。

「どういうことですか？」

「お連《つ》れをおいだしたふゆかいなおばけは、あきらかにUEG《ウェグ》のことよ。専門《せんもん》的《てき》な名称《めいしょう》は、〈ウルトラ・えぐい・ゴースト〉っていうんだけど、信《しん》じられないくらいおそろしいおばけのことよ。ものすごく手《て》ごわいわ」

トムはおどろいた。

「なんにもできないっていうんですか？　フーゴはうちの地下室《ちかしつ》に、これからずっといなきゃいけないんですか？」

リュックサックからすすり泣《な》く声《こえ》が聞《き》こえてきた。

「いいえ、そんなことといってないわ。でもUEG《ウェグ》を退治《たいじ》するのは、とても危険《きけん》なことなのよ。鏡《かがみ》や音楽《おんがく》や生《なま》たまごではすまないのよ」

「それで……」トムは思《おも》いきって聞《き》いてみた。

「UEG《ウエグ》はどうやったらおいだせるんですか?」

キュンメルザフトさんは部屋《へや》の色《いろ》とおなじくらい赤《あか》くなるまで鼻《はな》をいじっていたが、やっと口《くち》をひらいた。

「じつはひとつだけあるの。墓場《はかば》の土《つち》よ」

トムはびっくりしてキュンメルザフトさんをみた。

「え? どういうことですか?」

「墓場《はかば》の土《つち》よ。バケツいっぱいになるくらいのね。そうだわ、トム、横目《よこめ》をつかう練習《れんしゅう》もしなきゃだめよ。UEG《ウエグ》とであったときに、横《よこ》からみるようにすれば、命《いのち》をとられないですむのよ」

キュンメルザフトさんはたちあがり、本《ほん》だなのそばにいった。

「きみにいい本《ほん》をもたせてあげるわ」

キュンメルザフトさんは小《ちい》さな本《ほん》をとりだした。

「この中《なか》にすべての特徴《とくちょう》、そう、MUG《マグ》やUEG《ウェグ》のすきなものやきらいなもののくわしいリストがあるのよ。たしか第二《だい》章《しょう》にあるはずよ。よくよんでね」

トムは頭《あたま》をふると、かすれた声《こえ》でいった。

「いいえ、もういいです。すべてなかったことにしてください。フーゴはまっ黒《くろ》になるまで、うちの地下室《ちかしつ》にいてもかまわないですから。ぼく、もう家《いえ》に帰《かえ》ったほうがよさそうです」

トムのリュックサックの中《なか》から、聞《き》こえていたすすり泣《な》きは、うなり声《ごえ》と歯《は》ぎしりにかわった。

「ざんねんだわ。ちょうどお手伝《てつだ》いをもうしでようとしていたのに」

おどろいてトムはキュンメルザフトさんをみつめた。

「え？　でも、さっきはひどく危険《きけん》だっていったでしょ」

「ええ、まあね」キュンメルザフトさんは肩《かた》をすくめた。

「生《い》きるってことはみんな危険《きけん》だわ、そうでしょう？　ここにいるきみの青白《あおじろ》いお友《とも》だちは、お気《き》の毒《どく》だわね。もし、ちゃんと準備《じゅんび》したら……そうよ、わたしたち、きっとUEG《ウェグ》を退治《たいじ》できるわ」

「じゃあ墓場《はかば》の土《つち》ってなんなんですか？」それが一番気《ばんき》がかりだった。

「ああ、それは問題《もんだい》ないわ。今夜《こんや》にでも、手《て》に入《い》れられるわよ」

「今夜《こんや》？　どうして夜《よる》なんですか？」

「あら、いわなかったかしら。UEG《ウェグ》に効《き》くのは、夜《よる》の土《つち》だけなのよ。どう？今夜《こんや》墓地《ぼち》の前《まえ》であいましょうよ、十一時《じ》ごろに」

ご愛読ありがとうございます

お読みになった本のタイトル

この本のご感想、ご意見、出版企画のご希望など、お聞かせ下さい。
（この文章を小社のホームページや「母のひろば」等で紹介させていただくことがあります。）

ご記入日　　年　　月　　日

フリガナ

お名前　　　　（男・女）　　歳

お子様のお名前　（　年　月　日生）（　年　月　日生）（　年　月　日生）

ご住所　〒　　－

TEL　　（　　　）

Eメール

◇「母のひろば」の講読を　□ 希望する　□ 希望しない
◇小社のカタログを　□ 希望する　□ 希望しない
◇小社の出版案内、お知らせなどのダイレクトメールを
□ 希望する　□ 希望しない

（「母のひろば」には年間購読料がかかります。詳しくは表面をご覧下さい。）

郵便はがき

おそれいりますが、切手をおはり下さい

160-0008

東京都新宿区三栄町22—10

童心社

愛読者カード係　行

「母のひろば」をどうぞ

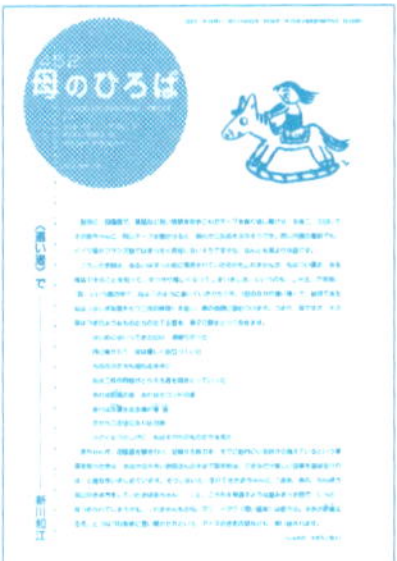

「母のひろば」は、子どもの豊かな成長をねがう全国の方々と童心社をむすぶ小冊子です。誌面を通じて、絵本や紙芝居のこと、育児・教育、子どもをとりまく環境や文化などについて、専門家の先生方や読者の皆さまと一緒に、考えていきたいと思っております。皆さまのお便りや童心社の出版情報も掲載しております。月１回発行です。

＊お申し込み方法＊

年間購読料は600円（送料込）です。このカードの裏面に必要事項を記入の上、ご投函下さい。1回目の発送時に振替用紙を同封いたします。

「え、えっと、ぼ、ぼく、わかりません」トムはつかえながらいった。

「きみの地下室《ちかしつ》おばけにとんでこさせればいいのよ」

キュンメルザフトさんはとがった鼻《はな》ごしにトムをじっとみた。

「ぼくは地下室《ちかしつ》おばけじゃない!」フーゴがリュックサックからもんくをいった。

「でも、ぼくだってちゃんと手伝《てつだ》うよ」

「きみ、とべるの?」トムは目《め》まいがしてきた。

「ふつう、おばけってとぶんだよ! それとも、きみはぼくが足《あし》でゆらゆらあるくとでも思《おも》ってたのかい?」

「さあ、どうかしら、お若《わか》い方《かた》」

キュンメルザフトさんは長《なが》くて細《ほそ》い手《て》をトムにさしだした。

「わたしたちでUEG《ウエグ》に礼儀《れいぎ》を教《おし》えてやりましょうよ。そうしたら、きみのお友《とも》だちは家《いえ》に帰《かえ》れるのよ」

「わかりました」

トムは小《ちい》さくつぶやくと、キュンメルザフトさんの手《て》をにぎった。

トムのリュックサックの中《なか》からフーゴのほっとしたため息《いき》が聞《き》こえてきた。

7　おばけ事典《じてん》

「いつまでリュックをかかえてんのよ」

トムが家《いえ》に帰《かえ》ると、ローラがいった。

「姉《ねえ》さんに関係《かんけい》ないだろ」トムはつぶやいた。

「みせなさいよ」とローラはあっという間《ま》に、トムの手《て》からリュックサックをひったくると、好奇心《こうきしん》まるだしで中《なか》をのぞきこんだ。

「あら、なんにも入《はい》ってないじゃない」

「うん、さっきまでおばけが入《はい》っていたんだけど、もう地下室《ちかしつ》にもどったよ」

「へぇー、ものすごくおもしろいじょうだんね！」

ローラはどなりちらすと、テレビの方《ほう》へいってしまった。

トムはほっとして、部屋《へや》にいき、ドアをしめた。そして、キュンメルザフトさんからかりた本《ほん》をジャンパーの中《なか》からとりだして、ベッドにとびこんで、よみはじめた。第《だい》二章《しょう》、キュンメルザフトさんはトムにどんなアドバイスをくれたのだろう。そこにはこうでていた。

MUG《マグ》とUEG《ウエグ》の特徴《とくちょう》

代表的《だいひょうてき》なおばけの種類《しゅるい》に、〈まあまあ・うざったい・ゴースト〉（MUG《マグ》）と〈ウルトラ・えぐい・ゴースト〉（UEG《ウエグ》）がある。

MUG《マグ》はたびたびあらわれる。一方《いっぽう》UEG《ウエグ》はさいわい非常《ひじょう》にまれにしかあらわれないが、退治《たいじ》するのがきわめてむずかしく危険《きけん》である。MUG《マグ》は、専門家《せんもんか》のアドバイスがあれば、初心者《しょしんしゃ》にも退治《たいじ》できる。しかし、UEG《ウエグ》の退治《たいじ》に関《かん》しては、とくに初心者《しょしんしゃ》には、絶対的《ぜったいてき》な生命《せいめい》の危険《きけん》！　があると、強《つよ》く！　強《つよ》く！　警告《けいこく》しておかなければならない。高度《こうど》な能力《のうりょく》をもった専門家《せんもんか》のみが、強固《きょうこ》な精神力《せいしんりょく》とあらゆる知識《ちしき》を結集《けっしゅう》してUEG《ウエグ》に接近《せっきん》し、有利《ゆうり》な状況《じょうきょう》でのみ、退治《たいじ》することが可能《かのう》である。ここにMUG《マグ》とUEG《ウエグ》の素質《そしつ》、好《この》み、短所《たんしょ》の対比《たいひ》を明《めい》確《かく》に示《しめ》し、読者諸君《どくしゃしょくん》の十分《じゅうぶん》なる注意《ちゅうい》をうながしたい。

MUGの能力《のうりょく》

３メートルまでふくらむことができ、50センチのあつさまでのかべをとおりぬけ、カラスのようなはやさでとぶことができる。また、ひとにらみで電話《でんわ》、台所用品《だいどころようひん》、アイロンなどの２０キロまでのものを動《うご》かすことができる。また、電球《でんきゅう》、花《か》ビン、コーヒーカップを破裂《はれつ》させることができる。MUG《マグ》のだすベトベトした液《えき》は人《ひと》のくつをはりつける。

人間《にんげん》がMUGにであうと……

まずカビくさいにおいがし、鳥肌《とりはだ》がたち、歯《は》がガタガタなりはじめる。氷《こおり》の指《ゆび》でさわられると全身《ぜんしん》がふるえだす。

MUGの好《す》き嫌《きら》い

あたたかいもの、湯《ゆ》たんぽ、熱《あつ》いお茶《ちゃ》、ヒーターからにげだす。生《なま》たまごにパニックになり、昼間《ひるま》の光《ひかり》に吐《は》き気《け》をかんじたり、くしゃみをしたりする。香水《こうすい》の香《かお》りをきらい、色《いろ》がかわったり、しりごみしたりする。またMUG《マグ》は墓場《はかば》をおそれてさけるが、それはMUG《マグ》が墓場《はかば》の土《つち》にさわるとちりになるからといわれている。

UEGの能力《のうりょく》

超高層《ちょうこうそう》ビルの大《おお》きさまでふくらむことができ、鏡以外《かがみいがい》は、どんなぶあついかべでもとおりぬけ、ジェット機《き》のようなはやさではしる。また、ひとにらみでトラック、クレーン、列車《れっしゃ》、メーリーゴーランドなど、おもくて大《おお》きなものを動《うご》かすことができる。また、電球《でんきゅう》、その他《た》どんな大《おお》きなものでも破裂《はれつ》させることができる。またUEG《ウェグ》の息《いき》は人間《にんげん》をこおりつけ、UEG《ウェグ》のだすベトベトした液《えき》は、ボンドよりもよくはりつく。

人間《にんげん》がUEGにであうと……

髪《かみ》がさかだち、全身《ぜんしん》がふるえだす。また、ひどいにおいで体《からだ》に青《あお》ジミができる。また、UEG《ウェグ》にすみつかれた人《ひと》は恐怖《きょうふ》のあまりおちつきをうしない、いつもうしろをふりかえるようになる。けっして正面《しょうめん》から目《め》をみてはいけない。はりさけてしまう。

UEGの好《す》き嫌《きら》い

あたたかいものをきらうが、あたたかいものがあると、にげるどころかいかりくるう。生《なま》たまごはUEG《ウェグ》を笑《わら》わせるだけで、昼間《ひるま》の光《ひかり》にも平然《へいぜん》としている。スミレ香水《こうすい》をきらい、直接《ちょくせつ》かけると、あとずさりするか、一時的《いちじてき》にきえる。墓場《はかば》の土《つち》はUEG《ウェグ》に対《たい》して効果的《こうかてき》であるらしいが、正確《せいかく》には不明《ふめい》である。

読者諸君《どくしゃしょくん》がこのリストに納得《なっとく》し、UEG《ウェグ》との対戦《たいせん》を回避《かいひ》することをのぞんでいる。しかし、それにもかかわらず、つまり、この本《ほん》の明確《めいかく》な助言《じょげん》に反《はん》して、大胆《だいたん》にもこのおそろしいゴーストとたたかわなければならない場合《ばあい》は、ただ幸運《こううん》をいのるばかりである。

トムはむずかしく暗《くら》い顔《かお》をして、本《ほん》をバタンととじた。そして、あおむけにころがると、天井《てんじょう》をみつめた。

まったくもうなんだって、こんなぞっとするような冒険《ぼうけん》にまきこまれてしまったんだろう。死《し》ぬほどびっくりさせられて、氷《こおり》の指《ゆび》でしめころされかけて、家《か》族《ぞく》からは気《き》がくるっているといわれ、罪《つみ》をかぶって夜中《よなか》に階段《かいだん》をごしごしあらうはめになった、そんなおばけのために、危険《きけん》をおかせなんてだれがトムにいえるだろう？　そんなこと、いえるはずがない！

トムは決心《けっしん》すると体《からだ》をおこした。まったく問題外《もんだいがい》だ。とんでもない。フーゴはちょっと前《まえ》まではおそろしいと思《おも》ってたおばけだけど、これからずっと地下《ちか》室《しつ》にいたってかまわない。やつのことなんてもうこわくはない。それよりUE《ウエ》G《グ》とたたかうことになったら、どんな目《め》にあうかわかったもんじゃない。一番《ばん》いいのはすぐフーゴにいってやることだ。それで全部《ぜんぶ》おわりにすればいい。

「なに？　またどこかへでかけるの？」

トムが玄関《げんかん》のドアをあけると、ローラがいった。

「ぼくのおばけとあそんでくるよ」

トムは不機嫌《ふきげん》にいって、ドアをバタンとしめた。

8 穴《あな》があったら入《はい》りたい

「おーい」

トムは小《ちい》さな声《こえ》でそうよびながら、暗《くら》い地下室《ちかしつ》を手《て》さぐりですすんだ。

「おい、フーゴ、どこにいるんだい」

「なあに」すみっこからねむそうなフーゴがでてきた。

「ぼくだけど、きみに話《はなし》があるんだ」

トムはきまり悪《わる》そうにせきばらいをした。

「今《いま》でなきゃだめかい？」

おばけはぶつぶついいながら、ジャガイモの箱《はこ》からゆらゆらとたちあがると、地下室《ちかしつ》いっぱいになるような大《おお》きな口《くち》をあけて、あくびをした。

「またすぐにねむれるさ。ぼくは、ただちょっと知《し》らせたかっただけだから」

トムはくちびるをかんだ。

「今夜《こんや》、一緒《いっしょ》にいけない」

フーゴはびっくりしてトムをじっとみつめた。

「それって、きみがもうぼくをたすけてくれないってこと？」

「悪《わる》いな、でもここにいてもいいよ。じゃあな、おやすみ」

トムはすばやく向《む》きをかえた。穴《あな》があったら入《はい》りたいくらいはずかしかった。

「アーーアアーーオーオオーーー！」

フーゴがトムのうしろで泣《な》き声《ごえ》をあげた。

「うらぎるなんて、みごろしにするなんてひどい！　ウウウウ」

「チェッ、そんな大声《おおごえ》だすなよ」

「へん！　きみはこわいんだ、こわがっているんだ」

フーゴはわめきながら、必死《ひっし》になって、あちこちふくれあがった。

地下室《ちかしつ》いっぱいに青《あお》いおばけのゆらゆらとした光《ひかり》がかがやいた。

「そのとおりだ。そうだよ。ふん、それがどうした。きみだってこわいだろう。ぼくはまだ十歳《さい》にもなってないし、こおりついたり、破裂《はれつ》したりする気《き》はないよ。まっぴらだ」

「オオーウウウー」

フーゴは泣《な》き声《ごえ》をあげると、くしゃみがでそうなほど、ものすごくたくさん

のきらきらした銀色《ぎんいろ》のちりを目《め》からながした。

「きみはひどいよ、ものすごくひきょうだ！」

「ちがうって！」

トムはおこってさけんだ。

「それにどうして、きみがそんなにもんくをいうのかぜんぜんわからないよ。キュンメルザフトさんがいるじゃないか。ぼくなんかより、もっとたすけてくれるよ」

「キュンメルザフトさんも、ぼくをたすけてくれないかもしれない。人間《にんげん》なんておなじだ。よくわかっているさ。ずっとこんなくさい地下室《ちかしつ》にいなきゃならないなんて。オオオ」

「きみがきたから、くさくなったんじゃないか」

トムはそうつぶやくと、めがねをかけなおした。一瞬《いっしゅん》、フーゴがおそいかかってくるかもしれないと、心配《しんぱい》になった。

「アア――ウウ――オオ――」

フーゴは髪《かみ》の毛《け》をぐしゃぐしゃとかきむしり、はげしく泣《な》きだした。

「やめろよ！」トムは責《せ》めるようにいった。

「そんなにさわぐと、ここにだっていられなくなるぞ」

「なにがよ？」とつぜんトムのうしろで声《こえ》がした。

トムがおどろいてふりかえると、ローラのにやにや笑《わら》っている顔《かお》がみえた。

「こんな暗《くら》い所《ところ》にうずくまっているのは、わたしの趣味《しゅみ》じゃないわね」

ローラは好奇心《こうきしん》まるだしでトムのわきをとおって中《なか》に入《はい》ると、あたりのようすをうかがった。でも地下室《ちかしつ》にはだれもいなかった。フーゴはあとかたもなくきえていた。トムはほっとした。

「チビちゃん、わたし、すっごく心配《しんぱい》よ。ママになんていったらいいの。地下《ちか》室《しっ》にうずくまって大声《おおごえ》でひとりごとをいっているなんて、ねえ？」

ローラはからかうようにいった。

「ひとりごとなんかいってないよ。おばけと話《はな》していたんだ。こんなところにひとりでいるわけないだろ」トムはぶすっとしていった。

「なによ！　じゃあおばけとなにを話《はな》してたっていうのよ！」

「今《いま》、ちょうどぼくらの話《はなし》はおわったところだ。そうだよね、フーゴ」

トムはジャガイモの箱《はこ》の方《ほう》にむかって、さけんだ。

「おい、しっかりやれよ。ぼくがさっきいったことはわすれてくれ。UEG《ウェグ》のやつ、おどろくだろうな」

地下室《ちかしつ》の中《なか》は死《し》んだようにしずかだった。

「こいよ。やつはねむりたいんだよ」トムはローラを廊下《ろうか》にひっぱりだした。

「なんなのよ!」ローラはうなるようにいって、頭《あたま》をふった。

「あんたは、わたしが思《おも》っているより何千倍《なんぜんばい》もひどいわ!」

9　バケツいっぱいの墓場《はかば》の土《つち》

（これじゃ、今夜《こんや》もねむれないだろうな。明日《あした》あくびをがまんできるかなぁ）

トムはジャンパーをきながら思《おも》った。

今度《こんど》もだれにもみられないで家《いえ》をぬけだすことができた。

フーゴがシュマルツシュミーリクさんのドアの前《まえ》にゆらゆらとゆれながら、トムをまっていた。

トムは小《ちい》さな声《こえ》でしかりつけるようにいった。

「どうして地下室《ちかしつ》でまってないんだよ」

「なんで？　きみは土《つち》の中《なか》をとんでいくとでも思《おも》ってたのかい？　窓《まど》からとぶのが一番《ばん》いいのさ」

フーゴはトムの顔《かお》にカビくさい息《いき》をはきかけると、小《ちい》さくブゥーンと音《おと》をたてながら窓《まど》までうかびあがった。

「そこからとぶの？」

トムがそう聞《き》いたとき、またフーゴのベトベトをふんでしまった。

「ちくしょう！」トムは小《ちい》さい声《こえ》でののしりながら、くつをひっぱった。

「どうしてきみはあちこちにこんなきたないものをまきちらすんだよ」

フーゴはきずついて、トムをにらんだ。

「バカにするなよ。それより窓《まど》をあけろよ」

「わかったよ」トムはそういうと窓《まど》をあけて、暗《くら》い通《とお》りをみおろした。

「うわぁ、ものすごく高《たか》い！」

「へ、ものすごく高《たか》いだって。へ、へへー、そうかな？」

フーゴはニヤニヤしながら、闇《やみ》の中《なか》にゆらゆらとうかびでた。

「ぼくはどうしたらいいの？　きみの背中《せなか》にのればいいのかな？」

「ばっかだなぁ。きみは窓《まど》までよじのぼるだけでいいのさ。ぼくがきみを腕《うで》にかかえて、さっととぶよ。ものすごくかんたんさ」

「きみにはかんたんだろうよ！」トムは歯《は》をくいしばって、下《した》をみないようにしながら、窓《まど》の敷居《しきい》によじのぼった。そして、フーゴの冷《つめ》たい腕《うで》にだかれると、ひんやりとした九月《がつ》の闇夜《やみよ》にうかびあがった。トムはぶざまな姿《すがた》で青白《あおじろ》いおばけの胸《むね》にぶらさがっていた。家《いえ》がだんだん小《ちい》さくなっていく。

「くそ、なんでそんなに高《たか》くとぶんだ？」

フーゴがフフッと笑《わら》った。トムにはその笑《わら》い声《ごえ》がひどくおそろしく聞《き》こえた。

さいわいなことに、このおそろしい空《そら》の旅《たび》はそんなに長《なが》くつづかなかった。墓地《ぼち》は町《まち》はずれにあった。高《たか》い入《い》り口《ぐち》の門《もん》の前《まえ》に、ぽつんと街灯《がいとう》だけがたっていた。フーゴは低《ひく》くうなりながら門《もん》をとびこえると、小《ちい》さな広場《ひろば》にトムをおろした。

トムは、おばあちゃんといっしょにお墓《はか》まいりに、もう何回《なんかい》もここにきたことがある。しかしそれはいつも昼間《ひるま》だった。トムはぞくぞくと寒気《さむけ》をかんじたが、きっと冷《つめ》たい夜《よる》の空気《くうき》のせいにちがいないと自分《じぶん》にいい聞《き》かせた。

「こんばんは、トム」

声《こえ》がして、キュンメルザフトさんが片方《かたほう》の手《て》に旧式《きゅうしき》なランプを、もう片方《かたほう》

の手《て》にはバケツをもって暗闇《くらやみ》からあらわれた。

トムはびっくりした。高《たか》い門《もん》の扉《とびら》にはがんじょうな鎖《くさり》がかかっている。

「どうやって……？」

「ぬけ道《みち》があるのよ」キュンメルザフトさんはほほえみながらいった。

「ようするに、ここにはよくくるのよ。でもこんなところに長《なが》くぶらぶらしていられないわ。今夜《こんや》はとても冷《ひ》えるわね」

「ぼくはここでまっている！　墓場《はかば》にいくのはいやだ」フーゴはいった。

「まあ、そうね、あんたは墓場《はかば》おばけじゃないしね。心配《しんぱい》しないでここにいなさい、すぐにもどってくるわ！」

キュンメルザフトさんはトムの手《て》にバケツをおしつけると、先《さき》にたって、墓《はか》石《いし》がならんでいる細《ほそ》い道《みち》をずんずんとすすんでいった。

「バケツの中《なか》はもう土《つち》がいっぱいですけど……」

トムはそういいながら、キュンメルザフトさんの長《なが》く細《ほそ》い足《あし》におくれをとらないように必死《ひっし》であるいた。

「そうよ。わたしはいつもかわりの土《つち》をもってくるのよ。ああ、あそこ、あのあたりがいいわ」

はや足《あし》で、少《すこ》しわきをそれたところにある、あれはてた墓《はか》に近《ちか》づいた。

「ここみたいにわすれられたお墓《はか》の土《つち》だけをいただくことにしているのよ」

キュンメルザフトさんはそう説明《せつめい》すると、もってきた土《つち》をお墓《はか》の横《よこ》にざっとあけて、古《ふる》い墓《はか》のまわりの草《くさ》をむしり、そこの土《つち》でバケツをいっぱいにした。

それから、大《おお》きな黒《くろ》いハンドバッグから小《ちい》さな植木鉢《うえきばち》をひっぱりだした。

「ここにお礼《れい》をおいとくのよ」

キュンメルザフトさんがしずまりかえった墓場《はかば》で花《はな》を植《う》えている間《あいだ》、トムはそわそわしながらあたりをみまわしていた。となりの墓石《はかいし》はものすごく大《おお》きくて、その前《まえ》には小《ちい》さな色《いろ》とりどりのランタンがあった。とつぜんランタンの小《ちい》さなドアがひらいて、なにかがゆらゆらでてきた。それはフワフワした黄色《きいろ》いもので、トムの手《て》よりも少《すこ》し小《ちい》さくて、赤《あか》い目《め》がついていた。

「キュンメルザフトさん！」

トムはそれから目《め》をはなさないで、ささやいた。

「どうしたの、トム」

キュンメルザフトさんはそういいながら、ハンカチで指《ゆび》についた土《つち》をこすりとっていた。

「ほら、ランタンからなにかでてきました。赤《あか》い目《め》をした黄色《きいろ》いへんなやつです！　うわぁ、そこらじゅうでゆらゆらしています！」

キュンメルザフトさんはかるく手《て》をふった。

「ああ、気《き》にしなくていいのよ。それはただの墓場《はかば》おばけよ。完全《かんぜん》に無害《むがい》よ。でもとっても好奇心旺盛《こうきしんおうせい》なの。いつもひどく退屈《たいくつ》しているかわいそうな連中《れんちゅう》よ。さあ、きみのお友《とも》だちのところへもどりましょう」

土《つち》でいっぱいになったバケツをもって、ふたりはきた道《みち》をもどった。トムは

墓場《はかば》おばけたちが気《き》になって、何度《なんど》もふりかえりながらあるいていたので、つまずいてばかりいた。墓場《はかば》おばけたちはどんどんふえてきた。ランタンのわきをとおるたびに、ランタンの小《ちい》さなドアがさっとひらいて、中《なか》から小《ちい》さな色《いろ》とりどりに光《ひか》る不気味《ぶきみ》な住人《じゅうにん》が、ふたりをおいかけてきた。青《あお》いランタンからは青《あお》いおばけが、紫色《むらさきいろ》のランタンからは紫色《むらさきいろ》のおばけが、そして、黄色《きいろ》いランタンからはトムが最初《さいしょ》にみた黄色《きいろ》いおばけがゆらゆらとでてきた。トムはときどき、おばけたちのヒッヒッと笑《わら》う声《こえ》が、聞《き》こえてくるような気《き》がした。

墓場《はかば》おばけたちはふたりが小《ちい》さな広場《ひろば》のところへもどってくると、いつのまにかどこかへきえてしまった。

「みすぼらしいやつらだ！　いったいだれをおどろかすつもりだ。あいつらなんかにだれもおどろくものか！」

フーゴはそうののしると、ふゆかいな顔《かお》をして地面《じめん》にゆらゆらとおりてきた。

「おばけっていうおばけが、みんな人《ひと》をおどろかすことを仕事《しごと》にしているわけじゃないわ」

キュンメルザフトさんがそういってバケツをおくと、フーゴはぎょっとして、あとずさりした。

「ウワアアー、ぼくをちりにする気《き》か！」

「まあ、そんなに大《おお》げさにしないで。この土《つち》はわたしが家《いえ》にもって帰《かえ》るわ。あんたはお友《とも》だちを無事《ぶじ》にベッドにおくりとどけるだけでいいのよ」

それから、トムにむかっていった。

「お若《わか》い方《かた》、これでUEG《ウエグ》退治《たいじ》の第一歩《だいいっぽ》をふみだしたわ。明日《あした》の午後《ごご》、わたしたちでUEG《ウエグ》を退治《たいじ》するのよ。きみの地下室《ちかしつ》おばけが前《まえ》にすんでいたところで、きっかり五時《じ》にあいましょう。あたたかい服《ふく》をきてきてね。それから横目《よこめ》をつかう練習《れんしゅう》をしてくるのよ。あとはわたしがみんな用意《ようい》するわ。いいわね?」

トムはうなずいた。でもフーゴは不満《ふまん》そうにいった。

「明日《あした》になってから? どうして今《いま》すぐいかないの? 今晩《こんばん》もあのくさい地下《ちか》室《しっ》で、ねずみたちをおどかすだけなんて、つまらないよ」

「ちょっと、おばけさん」キュンメルザフトさんはいらいらしていった。

「あんたがこれ以上《いじょう》もんくをいうのなら、わたしはあんたをたすけてあげないわよ。いいこと? それでは、おやすみなさい」

キュンメルザフトさんは、くるりと向《む》きをかえると、一言《ひとこと》もいわずに暗闇《くらやみ》の中《なか》をゆっくりとあるいていった。

10　約束《やくそく》の場所《ばしょ》へ

　つぎの日《ひ》、トムは国語《こくご》と数学《すうがく》の授業中《じゅぎょうちゅう》にねむってしまった。一番《ばん》うしろの席《せき》にすわっていたので、ばれずにすんだかもしれなかった。しかし、まずいことに、かなり大《おお》きないびきをかいてしまった。国語《こくご》の先生《せんせい》はトムをゆすっておこしただけだったけど、数学《すうがく》の先生《せんせい》には授業《じゅぎょう》をばかにした罰《ばつ》としてたっぷりと宿題《しゅくだい》をだされた。

　トムが昼《ひる》ごはんのとき、あくびばかりしていたので、ママがトムをうたがわ

しそうにみた。

「またふとんの中《なか》で本《ほん》をよんでいたのね。トム！」

トムは頭《あたま》をふりながら、またあくびをした。

「なんでそんなにつかれるのかね」パパがいった。

「たぶん、あんたのおばけとあそんでいたんでしょ」ローラがクスクスと笑《わら》った。

「まあ、トム、あんたまだ地下室《ちかしつ》におばけがでるなんていってるの？　それで夜《よる》ねむれないんじゃない？」ママが心配《しんぱい》そうにいった。

「ちがうよ。ぼくはただ」トムはぼそぼそいうと、またまたあくびをした。

「ものすごくつかれているだけさ。もういいでしょ、ごちそうさま」

そういうと、トムは自分《じぶん》の部屋《へや》に姿《すがた》をけした。

「今夜《こんや》のためにアリバイづくりをしなくちゃ。UEG《ウェグ》の退治《たいじ》にどのくらい時間《じかん》がかかるかわからないからな。こういうとき、ママはきっとぼくがねたかどうかチェックするにきまっている。くそ、どうしよう」

トムはズボンのポケットから、ローラからくすねた鏡《かがみ》をとりだして、横目《よこめ》でみる練習《れんしゅう》をした。ますますいいかんがえがうかんでこない。横目《よこめ》づかいの練《れん》習《しゅう》で気分《きぶん》が悪《わる》くなっていると、ローラがずかずかと部屋《へや》に入《はい》ってきた。もちろんノックもしないで。

「やだ、横目《よこめ》でみないでよ」ローラはおこっていった。

「おばあちゃんから電話《でんわ》よ。かわいい恋人《こいびと》とお話《はなし》したいんですって！」

トムはローラを横目《よこめ》でみながらゆっくりあるいた。そうだ、おばあちゃんがいた！　これで解決《かいけつ》する！　ちょうどママがローラを台所《だいどころ》によんだので、おばあちゃんとゆっくり話《はなし》ができた。

もちろん、おばあちゃんはトムのおばけ問題《もんだい》がどうなったか知《し》りたがった。
トムはくわしく報告《ほうこく》して、つぎにおこった問題《もんだい》、つまり今晩《こんばん》のアリバイづくりのことを話《はな》した。ところが、おばあちゃんはこういって反対《はんたい》した。
「だめよ。それは危険《きけん》だわ、トム。賛《さん》成《せい》できないわね」
「おばあちゃん。おねがい！　おばあちゃんはうそをつかなくていいんだよ。だって、ぼくほんとうにおばあちゃんのうちに泊《と》まるんだから。ただ少《すこ》しおそくなるだけだよ」

「だめよ！」

「おねがい！」

「だめよ。でもねぇ……」おばあちゃんはせきばらいをした。

「ヘートヴィヒが危険《きけん》なことにならないといえばねぇ。ヘートヴィヒに聞《き》いてから、あんたに電話《でんわ》するわ」
二、三分《ぷん》すると、またおばあちゃんから電話《でんわ》があった。
「トム、だいじょうぶって、ヘートヴィヒがいっていたわ。ママにかわって」

これでアリバイはなんとかなりそうだ。


それから、トムはあの罰《ばつ》の宿題《しゅくだい》にとりかかった。宿題《しゅくだい》が全部《ぜんぶ》おわるまで、とても長《なが》い時間《じかん》がかかってしまった。居間《いま》にこっそりと入《はい》り、タンスから地図《ちず》をとりだしたときには、もう四時半《じはん》になっていた。さいわいフーゴがすんでいた屋敷《やしき》の住所《じゅうしょ》をおぼえていた。ナハトシャッテンアレー二十三番地《ばんち》。トムが思《おも》っていたより遠《とお》い。市立公園《しりつこうえん》の先《さき》だ。おくれてしまう。トムはあわてて地図《ちず》をセーターの下《した》につっこんでとびだした。そのとき、腕《うで》ぐみしたローラにぶつかった。

「あら、おチビさん。地図《ちず》をもって、どこへいくの?」

「関係《かんけい》ないだろ!」

トムはおこってローラをおしのけて、自分《じぶん》の部屋《へや》にかけこんだ。ローラはなんでいつも足音《あしおと》もさせないで、近《ちか》づいてくるんだろう? トムはすばやくリュックサックと冬服《ふゆふく》をつめこんだ袋《ふくろ》をつかんだ。くつをはくとき、いかりで指《ゆび》がふるえてきた。だいたい姉《ねえ》さんはうるさいんだよ！　トムがでかけようとすると、ローラがにやにや笑《わら》いながら居間《いま》のドアによりかかっていた。

「あら、またリュックをもってでかけるの？　その袋《ふくろ》の中《なか》はなによ」

トムは無視《むし》して、玄関《げんかん》のドアをバタンとしめた。


リュックサックにフーゴを入《い》れて通《とお》りにでたのは五時《じ》十分前《ふんまえ》だった。トムはいそいで約束《やくそく》の場所《ばしょ》にむかった。せまい曲《ま》がり角《かど》がつづく街《まち》をでて公園《こうえん》をとおりぬけ、それから、日曜日《にちようび》にさんぽしたことのある道《みち》をとおった。バスの停《てい》留所《りゅうじょ》のところで、冬《ふゆ》のジャンパーをきてマフラーをまきつけた。ぼうしはあらかじめジャンパーのポケットに入《い》れておいた。トムはかなりめだっていたにちがいない。

家並《いえなみ》がまばらになり、生垣《いけがき》が長《なが》く高《たか》くなってきた。トムはしょっちゅう地図《ちず》をみた。ひどく汗《あせ》をかいた。

「なんだよ！　もっと前《まえ》に右《みぎ》にまがればよかったのか」トムはぶつぶついいながら、道路標識《どうろひょうしき》をさがしてあたりをみまわした。そのとき、ローラの姿《すがた》が目《め》に入《はい》った。トムがふりかえると、ローラはあわてて、ガレージの横《よこ》にかくれた。

「でてこいよ！　みえたぞ！」

トムは大声《おおごえ》でわめきながら、通《とお》りを横切《よこぎ》った。

ローラがにやにや笑《わら》いながらでてきた。

「わたしのことは気《き》にしないで、おチビさん。わたしはちょっとさんぽしているだけよ。で、あんたは？　ははあー、北極《ほっきょく》へでもいくつもり？　なんだって冬服《ふゆふく》なんかきているの？」

トムはどうしていいかわからない。あせって腕時計《うでどけい》をみた。五時《じ》十分《ぷん》。なんてこった！　せめてフーゴをローラにけしかけることができたらなあ！　でもそれも昼間《ひるま》の光《ひかり》の下《した》ではお手《て》あげだ。

「あらあら、くっついて動《うご》けなくなったの？」ローラはさけんだ。

トムはめがねをはずしてふくと、ローラにむかって小声《こごえ》で毒《どく》づいた。

そのとき、すばらしいかんがえがうかんだ。

「ぼく、道《みち》にまよっちゃったんだよ」

そういうと、トムはこまりはてたふりをして地図《ちず》をみた。

「ねえ、姉《ねえ》さんはこのあたりにくわしいよね？」

「そうよ。クラスメートが二、三人《にん》このあたりにすんでいるわ」

ひっかかった！　ローラはエサをのみこんだぞ。

「スパゲッティみたいな髪《かみ》の毛《け》をしたあいつもこの辺《へん》にすんでいるんじゃなかったかな。そうだよね。ほら、街《まち》の中《なか》の通《とお》りとおなじへんてこな名前《なまえ》のやつさ」

ローラはヒナゲシのように赤《あか》くなった。

「カウルクワッペンヴェーク！　そう、おたまじゃくし通《どお》りだったよね。思《おも》いだしたぞ」

トムは地図《ちず》をふりまわした。

「一度《ど》ごはんのときにいっていたよね。この角《かど》をまがってすぐのところだろ」

「それがどうかしたの？」

「これ以上《いじょう》ぼくをこそこそつけてきたら、スパゲッティ頭《あたま》のところにいって、ローラがほれているっていってやるぞ！」

しばらくの間《あいだ》、ローラはびっくりしてものもいえなかった。最初《さいしょ》まっ青《さお》になり、それから、はつか大根《だいこん》のように赤《あか》くなり、そしてまた白《しろ》くなった。

「あんたにそんな勇気《ゆうき》ないでしょ！」

トムは肩《かた》をすくめていった。「賭《か》けようか？」

ローラはくやしそうに下《した》くちびるをかんだ。

「あんたみたいなチビがどこへいこうと、どっちみちわたしには興味《きょうみ》ないわ」

ローラは声《こえ》をひそめてそういうと、くるりと向《む》きをかえて、はしりさった。

11　おばけのすみついた屋敷《やしき》

トムが息《いき》をきらしてまちあわせ場所《ばしょ》にいくと、キュンメルザフトさんはいらいらしてまっていた。ぶあついコートにぼうしとマフラーをして、ぱんぱんにつまったショルダーバッグを肩《かた》にかけ、手《て》には墓場《はかば》の土《つち》の入《はい》ったバケツをもって、がんじょうそうな鉄製《てっせい》の門《もん》の前《まえ》にたっていた。

「もう少《すこ》し時間《じかん》どおりにきてくれたらいいのにね。もう五時《じ》二十分《ぷん》すぎよ」

「あのう、ぼく、道《みち》にまよったんです」

トムはあえぐようにいって、あわててぼうしをかぶった。

「それに、姉《ねえ》さんにつけられて、ふりきらなきゃいけなかったんです」

「もういいわ、わすれましょう」

キュンメルザフトさんはいった。

「いずれにせよ、わたしたちは正《ただ》しい住所《じゅうしょ》にいるわ。ゴーストハンターとしての今《いま》までのわたしのキャリアの中《なか》でも、こんなに強《つよ》いUEG《ウェグ》のにおいはかいだことないわ」

トムはこわごわとおもい鉄《てつ》の門《もん》の中《なか》をうかがった。フーゴがすんでいたこの古《ふる》い屋敷《やしき》は、暗《くら》い大《おお》きな木々《きぎ》にかこまれ、少《すこ》しもすみごこちよさそうにはみえなかった。建物《たてもの》はごつごつしてそっけなく、細《ほそ》くて暗《くら》い窓《まど》はまるでかがやきのない目《め》のようにトムをみつめていた。まだ夏《なつ》のおわりなのに、だんろのえんとつからは白《しろ》いけむりがたちのぼり、そこに人《ひと》がすんでいることを教《おし》えていた。

「いらっしゃいな、トム。もっと近《ちか》づいてよくみましょうよ」

キュンメルザフトさんはそういうと、庭《にわ》に入《はい》る門《もん》をあけた。キィーという音《おと》がひびいた。

「ああ、なんてすてきな音《おと》！　家《いえ》に帰《かえ》ってきたんだ。オーオオー、なみだがでちゃう！」

トムのリュックサックの中《なか》でフーゴがうっとりとしたため息《いき》をもらした。

屋敷《やしき》にむかうとちゅうでトムはフーゴにきいた。

「外《そと》にでたくないかい？　だれもいないよ」

「明《あか》るすぎる、まだ明《あか》るすぎるよ」フーゴはつぶやいた。

「ふーん、明《あか》るいとは思《おも》わないけどね」

あたりには大《おお》きな木々《きぎ》が暗《くら》い影《かげ》をおとしていた。

はばのひろいコケむした階段《かいだん》が玄関《げんかん》のドアへとつづいていた。キュンメルザフトさんは階段《かいだん》をのぼりきるとバケツを下《した》において、たった一つしかないベルをおした。しみだらけの表札《ひょうさつ》には「ツァハリアス・リープリヒ」とあった。

だれもでてこない。

キュンメルザフトさんはひたいにしわをよせた。

「フーゴ、リープリヒさんは家《いえ》で仕事《しごと》してるっていってたわよね。ちがうの？」

「そのとおり。家《いえ》ではたらいています」

フーゴは、すぐにこたえた。

「おかしいわね」

キュンメルザフトさんは玄関《げんかん》ドアの横《よこ》にある窓《まど》に鼻《はな》をおしつけた。

「なにかみえますか」

トムは神経質《しんけいしつ》にめがねを指《ゆび》でいじりまわした。

「例《れい》のUEG《ウエグ》の足《あし》あとだけだわ」

キュンメルザフトさんは小声《こごえ》でささやいた。

「ひっくりかえった家具《かぐ》と、じゅうたんには液状《えきじょう》のものがいっぱい。でもリープリヒさんの足《あし》あとがないわ」

「オオオーエエエー。きっとあのおそろしいおばけがリープリヒさんもふきとばしたんだ」フーゴが泣《な》きだした。

「そんなわけないでしょ。UEG《ウェグ》だってこわがる人《ひと》が必要《ひつよう》よ。この家《いえ》の主人《しゅじん》はどこかにかくれているんだわ」

キュンメルザフトさんはそういうと、バッグからひらたい缶《かん》をとりだした。

「さあ、トム、UEG《ウェグ》用《よう》の特製《とくせい》クリームよ。これをくつ底《ぞこ》にぬっておけば、UEG《ウェグ》のベトベトをふんでもくつが床《ゆか》にはりつかないのよ。それからっと」

トムに小《ちい》さなガラスのサイコロをさしだした。

「ジャンパーのポケットに入《い》れておきなさい。UEG《ウェグ》サイコロよ。やつが近《ちか》くにくるとすぐに冷《つめ》たくなるの。わたしももっているわ。とても役《やく》にたつのよ」

サイコロは気持《きも》ちのいいあたたかさで、トムはすばやくポケットに入《い》れた。

「ぼくにはないの？　ぼくだって、そういうサイコロがいるよ」

「ばかばかしい。あんたはおばけでしょ。もしお仲間《なかま》が近《ちか》くにきたら気《き》がつくでしょうよ」

キュンメルザフトさんはそうつぶやきながら、ドアのかぎをじろじろとみた。

それから、バッグをかきまわして小《ちい》さな針金《はりがね》を一本《ぽん》ひっぱりだした。

「これをつかわなくちゃ」と用心深《ようじんぶか》くかぎ穴《あな》に針金《はりがね》をつっこんだ。

「そういうことをよくするんですか？」トムがきいた。

「ええ、そうよ。わたしのお客《きゃく》は、玄関《げんかん》をあけることができないほど、みんな恐怖《きょうふ》でかたまっているんですもの」

カチャと音《おと》がして、ドアがひらいた。

「いらっしゃいな、トム、気《き》をつけてね」

氷《こおり》のような冷《つめ》たさと死《し》のようなしずけさが三人《にん》をおおった。三人《にん》は天井《てんじょう》の高《たか》い、いやなにおいのするホールにたった。ふたつの小《ちい》さな窓《まど》から少《すこ》しだけ日《ひ》の光《ひかり》がさしこんでいる。

うす明《あ》かりの中《なか》、じゅうたんの上《うえ》におばけのベトベトした汁《しる》が光《ひか》っていた。まるで巨大《きょだい》なナメクジがはってつけたあとのようだ。階段《かいだん》も上《うえ》から下《した》までベトベトになっている。

ホールの中央《ちゅうおう》には大《おお》きなテーブルがあり、まるで虫《むし》がひっくりかえったように空中《くうちゅう》に足《あし》をのばしていた。戸《と》だなはさかだちしていた。かべにかかっている絵《え》はみんなさかさまにぶらさがっていた。シャンデリアが三人《にん》の頭《あたま》の上《うえ》でゆっくりと、いったりきたりしながらゆれていた。

トムの指《ゆび》はずっと小《ちい》さなサイコロをにぎっていた。あたたかい。安心《あんしん》できる

あたたかさだった。

ドアは全部《ぜんぶ》で五つ。左《ひだり》に二つ、右《みぎ》に二つ、そして不気味《ぶきみ》なホールのつきあたりに一つあった。

「フーゴ、でてきて！　リープリヒさんはいつもどこにいるの？」

キュンメルザフトさんがトムのリュックサックにささやいた。

鼻《はな》のまわりをうっすらと黄色《きいろ》くしたフーゴが、ぷるんぷるんとゆれながら姿《すがた》をあらわした。

「左《ひだり》から二番目《ばんめ》のドアのサロンか、そのうしろの台所《だいどころ》にいるかもしれない。うーん、わからない」フーゴは低《ひく》い声《こえ》でいった。

キュンメルザフトさんとトムは、UEG《ウェグ》用《よう》クリームをぬったくつで、こっそりとサロンのドアの方《ほう》にあるいていった。フーゴがそのうしろをゆらゆらとついてきた。キュンメルザフトさんは音《おと》をたてずにドアをあけて中《なか》を用心深《ようじんぶか》くのぞいた。それからトムとフーゴにあとにつづくように合図《あいず》した。

リープリヒさんの居間《いま》はあたたかかった。だんろの火《ひ》は赤々《あかあか》ともえていて、ふたつの窓《まど》から日《ひ》の光《ひかり》がさしこんでいた。

「気持《きも》ち悪《わる》い」

フーゴはかなしそうにいうと、今《いま》まで入《はい》っていたリュックサックにもどった。

キュンメルザフトさんが小《ちい》さな声《こえ》でよんだ。

「リープリヒさん、そこにいらっしゃるの？　わたしたちは、あなたをたすけるためにきましたのよ」

トムは鼻息《はないき》が聞《き》こえたような気《き》がした。

そのとき、とつぜん、灰色《はいいろ》の髪《かみ》の毛《け》をぐしゃぐしゃにした男《おとこ》が、ソファーの

うしろからキュンメルザフトさんとトムの方《ほう》にこわごわと顔《かお》をだした。

「ど、どなたですか？」

「わたしはヘートヴィヒ・キュンメルザフト。職業《しょくぎょう》はゴーストハンターです」

「え、ほんとうですか？　いやはや……」

リープリヒさんはガタガタと音《おと》をたててたちあがると、不思議《ふしぎ》そうにキュンメルザフトさんをみつめた。リープリヒさんは背《せ》が高《たか》く太《ふと》っていて、上着《うわぎ》もズボンもすっかり小麦粉《こむぎこ》におおわれていた。

「なぜ、わたしの不幸《ふこう》をごぞんじなんですか？」

そういいながら、リープリヒさんはおちつきなく、うしろをふりかえった。

「今《いま》はしずかですが、すぐにさわがしくなります。やつは勝手《かって》なときにあらわれるんですから」

「ええ、わかっていますわ。やつを退治《たいじ》するには、ちゃんと計画《けいかく》をたてなければなりません。だってUEG《ウエグ》が動《うご》きまわらないのは、五時《じ》から六時《じ》の間《あいだ》の一時間《かん》だけですから」

キュンメルザフトさんは、そういってほほえんだ。

「おお、そんなことはとっくに知《し》っていますよ……」

粉《こな》まみれのリープリヒさんはため息《いき》をついた。

「わたしの仕事《しごと》ができる唯一《ゆいいつ》の時間《じかん》ですから。もうひどいもんです！」

ふるえる指《ゆび》で髪《かみ》の毛《け》をなでた。

「ごぞんじでしょうか？　わたしはビスケットの考案者《こうあんしゃ》なんですが、わたしの最新作《さいしんさく》〝妖精《ようせい》のキス〟を……あ、そうだ、わたしのビスケットが！」

リープリヒさんは、とつぜんトムとキュンメルザフトさんの前《まえ》をとおりこし

てドアにむかった。そして、外《そと》をうかがうとホールにきえた。
キュンメルザフトさんがいった。
「UEG《ウエグ》におそわれたサインがはっきりでているわね。さあ、地下室《ちかしつ》おばけが外《そと》にでてこられるように、カーテンをひきましょう。リープリヒさんに紹介《しょうかい》しておいたほうがいいわ」
「ぼくは地下室《ちかしつ》おばけじゃない！　どうしてしょっちゅうそういわれなきゃならないんだ！」フーゴがおこって、

リュックサックからでてきた。

　リープリヒさんのカーテンはぶあつくて青《あお》い色《いろ》をしていた。カーテンをひくとだんろの炎《ほのお》が、影法師《かげぼうし》になって暗《くら》い部屋《へや》にゆらめくようにおどった。

「ぼく、家《いえ》にいるんだ！」

　フーゴはため息《いき》をもらし、うっとりとした顔《かお》つきで天井《てんじょう》までゆらゆらとうかびあがった。

　ちょうどそのとき、リープリヒさんが息《いき》をきらして居間《いま》にもどってきた。

「失礼《しつれい》しました。どうしてもわたしのビスケットの焼《や》け具合《ぐあい》をみなくてはならなかったものですから。あれ、どうしてこんなに暗《くら》くしたんですか?」

ウウアアアアー!

とつぜん、フーゴがカビ色《いろ》に染《そ》まって、リープリヒさんの目《め》の前《まえ》でふくれあがった。

「おお、やめてくれ! いやだ! もうたえられない!」

リープリヒさんはそうさけぶと手《て》で顔《かお》をおおった。

「フーゴ!」トムがおこってさけんだ。

「だって、ぼく、ほんのちょっぴりあいさつしたかっただけなのに。前《まえ》とおなじようにさ」フーゴはむっとして、小《ちい》さくつぶやいた。

リープリヒさんは粉《こな》だらけのソファーにしずみこむと、肩《かた》をふるわせて泣《な》きだした。

「ああ、なんでこんな仕打《しう》ちをうけなきゃならないんだろう……」

「ねえ、おちついてくださいな。わたしたちはあなたをたすけるためにここにいるんですよ。それにこの地下室《ちかしつ》おばけですけど、二度《ど》とあなたをおどろかすようなことはしないって、わたしがやくそくしますわ」

キュンメルザフトさんは、おこってフーゴをにらみつけた。

「ぼくは地下室《ちかしつ》おばけじゃない！」

フーゴはもんくをいいながらも、おとなしくトムのリュックサックの中《なか》に入《はい》っていった。

「わたしには少《すこ》し前《まえ》からもうなにもわからなくなってしまって……。それにわたしのビスケットが……」

リープリヒさんの目《め》から大粒《おおつぶ》のなみだが粉《こな》のついたほほをつたっておちた。

「わたしのビスケットはもうおいしくないんです。こんな状況《じょうきょう》では……。あの日《ひ》から、新《あたら》しいビスケットをかんがえることなんて、できなくなってしまったんです……」

そういってまたシクシクと泣《な》きだした。

「このお屋敷《やしき》で、はげしいさわぎがおこるようになってからですね」

キュンメルザフトさんが助《たす》け船《ぶね》をだすと、リープリヒさんはうなずいた。

「すでにわたしのおじいさんが、この家《いえ》はただごとではないことに気《き》がついていました。大昔《おおむかし》に亡《な》くなった、おじさんの、おじさんの、そのまたおじさんのフーゴおじさんがねぼけて屋根《やね》からおちてからというもの、そのおばけがでるのではないかとおじいさんはうたがっていたんです。いわば小《ちい》さな家族《かぞく》のお

ばけです。でも、一週間前《しゅうかんまえ》から、もうがまんできなくなりました！」
リープリヒさんは絶望《ぜつぼう》して頭《あたま》をふった。
「もうなにがなんだかわからない！ビスケットの生地《きじ》に砂糖《さとう》を入《い》れようとして塩《しお》をまぜてしまうし、チョコレートのかわりにはせんじ薬《ぐすり》を、小麦粉《こむぎこ》のかわりには粉末洗剤《ふんまつせんざい》を入《い》れてしまう……。ビスケットもこがしてばかりです。これじゃ、わたしのビスケットは世界中《せかいじゅう》の工場《こうじょう》からきえてしまう……」

また、リープリヒさんは粉《こな》だらけの手《て》で顔《かお》をおおった。

キュンメルザフトさんは同情《どうじょう》してうなずいた。

「リープリヒさん、一週間前《しゅうかんまえ》からはもうあなたのフーゴおじさんのしわざではないんですよ。お気《き》の毒《どく》ですが、あなたはUEG《ウエグ》のぎせい者《しゃ》なんです」

リープリヒさんは頭《あたま》をあげた。

「え、なんですって?」

「UEG《ウエグ》。〈ウルトラ・えぐい・ゴースト〉、つまり信《しん》じられないくらいおそろしいおばけです」

キュンメルザフトさんは、かなりおどろいているリープリヒさんに、だれがこの家《いえ》に新《あたら》しくすみついたか、どうやってそのことをトムから聞《き》いたのか説明《せつめい》した。

リープリヒさんは、あきれるほどふたりをみつめたあとで、こういった。

「で、フーゴおじさんは……？」

キュンメルザフトさんがつづけていった。

「あなたのおじさんおばけは、このお若《わか》い方《かた》の地下室《ちかしつ》ににげていたんです。今《いま》ちょうどびっくりなさったおばけですわ。ほら、リュックサックに入《い》れて、つれてきたんですけど、これはまさにMUG《マグ》といわれている危険《きけん》のないおばけの見本《みほん》ですわ」

「そんなに無害《むがい》じゃないぞ」

フーゴは、ぶつぶついいながら、かくれていたトムのリュックサックからでてきて、めいっぱい大《おお》きくふくらむと、おどろいているリープリヒさんの上《うえ》をゆらゆらとゆれた。そして低《ひく》い声《こえ》でいった。

「あなたのおじいさんのいったとおりです。ぼくの名前《なまえ》はフーゴ。暗《くら》い夜《よる》にかなしい事故《じこ》にあっておばけになったんです。もう百五十年《ねん》も前《まえ》のことです。そのころはあなたのおじいさんの、おじいさんの、そのまたおじいさんもまだ生《い》きていました。すばらしくおくびょうな方《かた》で、ぼくにおおいに敬意《けいい》をはらってくれたものです」

「信《しん》じられない。ほんとうに信《しん》じられない……」

おどろいているリープリヒさんに、キュンメルザフトさんがいった。

「リープリヒさん、わたしたちはあなたのおじさんの、おじさんの、そのまたおじさんをまたこの家《いえ》に帰《かえ》すためにきたんです。もしわたしがUEG《ウエグ》を退治《たいじ》できたら、フーゴおじさんをこの家《いえ》にむかえてくれますか？」

「もちろんですとも。フーゴおじさんは、ビスケット作《づく》りのじゃまをしませんでした。ただし、さっきのようにわたしをおどろかすのは、これを最後《さいご》にやめていただきたい」

「おばけの名誉《めいよ》にかけてちかいます。ぼくはほんの少《すこ》し、ちょっぴりでるだけにします」

「よろしい、それできまりだわ。それではいそいで準備《じゅんび》にかかりましょう」

キュンメルザフトさんはそういって、時計《とけい》をみた。

「一時間《じかん》もしないうちに暗《くら》くなるわ。そしたら、やつがでてきておおさわぎになるわよ！」

12 歯《は》はカタカタ、ひざはガクガク

「ふむ、ふむ！」

キュンメルザフトさんは非難《ひなん》するようにリープリヒさんの居間《いま》をみまわした。

「青《あお》、青《あお》、青《あお》い色《いろ》だらけ。これじゃおばけがすみつくはずですわ。鏡《かがみ》もたった一つだけですもの」

「え、鏡《かがみ》って、なんのことですか」リープリヒさんがびっくりして聞《き》いた。

トムは真剣《しんけん》な表情《ひょうじょう》でめがねをかけなおすと、いった。

「おばけは鏡《かがみ》がきらいなんです。知《し》らなかったんですか？」

そのとき、リープリヒさんのようすがきゅうにおかしくなった。髪《かみ》の毛《け》がとつぜんとげのようにさかだち、顔《かお》は綿菓子《わたがし》のように白《しろ》くなり、両足《りょうあし》がふるえだし、びっくりした目《め》でじっとドアをみつめだした。

すると、ホールからガタガタ低《ひく》い音《おと》が聞《き》こえてきた。トムのポケットの中《なか》のUEG《ウェグ》サイコロが氷《こおり》のように冷《つめ》たくなった。

「かくれて。やつがくるわ！」

キュンメルザフトさんはそうさけぶと、墓場《はかば》の土《つち》が入《はい》ったバケツをぐいっとつかんで、いすのうしろにかくれた。

トムもとっさに、ソファーのうしろにとびこんだ。おどろいているひまなんてなかった。

「ウワアアー」フーゴが泣《な》き声《ごえ》をあげて、ゆれながらしぼんでいった。

「リュックサックの中《なか》に！　はやく！　いそげ！」トムがさけんだ。

ガタガタという音《おと》が近《ちか》づいてきた。それに、にぶいうなり声《ごえ》も。リープリヒさんはおどろきのあまりたちすくんでいた。

「ふせて！　はやくかくれてください！」

キュンメルザフトさんがいすのうしろからリープリヒさんにさけんだ。

「で、で、できない」

リープリヒさんはどぎまぎして、両手《りょうて》で顔《かお》をおおった。

ガタガタという音《おと》がドアのところでとまった。するとドアがすさまじい音《おと》をたててひらき、とつぜん背《せ》すじがこおりそうな、おそろしくてくさい、巨大《きょだい》なものがどっとおしよせるように入《はい》ってきた。UEG《ウェグ》だ！

バアアアハアアアー！

UEG《ウエグ》はダミ声《ごえ》でうなり、天井《てんじょう》まで大《おお》きくなると、電球《でんきゅう》を全部《ぜんぶ》破裂《はれつ》させた。意地《いじ》の悪《わる》そうな黄色《きいろ》い目《め》が、あわれなリープリヒさんをじっとみおろしている。大《おお》きな口《くち》が一メートルものはばにぱっくりとひらき、むかつくようなゲップをはきだした。そして、UEG《ウエグ》は大《おお》きく息《いき》をすいこむと、氷《こおり》の息《いき》をリープリヒさんにふきかけた。リープリヒさんはその場《ば》でこおりついた。

トムの歯《は》はタイプライターのようにカタカタと音《おと》をたてている。めがねが鼻《はな》からずりおちるほど、全身《ぜんしん》がガタガタふるえていた。リュックサックの中《なか》からフーゴの泣《な》き声《ごえ》が聞《き》こえてきた。キュンメルザフトさんだけが冷静《れいせい》だった。すかさずバケツをつかんでたちあがると、墓場《はかば》の土《つち》をひとつかみして、霧《きり》のかかったUEG《ウエグ》の胸《むね》めがけてなげつけた。

ブハアアアアー！

巨大《きょだい》なおばけはスミレのように紫色《むらさきいろ》になった。おどろいて黄色《きいろ》い目《め》をぱちぱちさせ、氷《こおり》の息《いき》はヒーターの風《かぜ》のようにあたたかくなった。そして、おぞましいさけび声《ごえ》をあげながらホールにとびだした。ものすごい音《おと》がしてドアがしまり、かべから絵《え》が二、三枚《まい》おちた。そして、とつぜん死《し》んだようにしずかになった。

トムはふるえながら、粉《こな》だらけのじゅうたんの上《うえ》を手《て》さぐりでめがねをさがした。リュックの中《なか》でおびえていたフーゴがようやくグニャグニャとゆれながら外《そと》にでてきた。

「空気《くうき》よ、空気《くうき》を入《い》れかえなきゃ。そうしないと、UEG《ウェグ》のにおいでわたしたちみんなに青《あお》ジミがついてしまうわ」キュンメルザフトさんがさけんだ。

みんな、大《おお》いそぎでカーテンをわきによせて窓《まど》をあけた。外《そと》はもう暗《くら》くなっていた。

トムはふるえる手《て》でめがねをかけると、心配《しんぱい》そうにむかい側《がわ》でかたくなっているリープリヒさんをみつめた。

「こおっているわ」キュンメルザフトさんがたしかめた。

「はやくだんろのところにはこばなきゃ」

みんなで力《ちから》をあわせて、この太《ふと》った大男《おおおとこ》を火《ひ》のそばにはこんだ。キュンメルザフトさんはバッグから赤《あか》い液体《えきたい》の入《はい》ったビンをとりだすと、リープリヒさんの氷《こおり》のように冷《つめ》たい鼻《はな》の上《うえ》に、赤《あか》い液体《えきたい》を三滴《てき》たらした。

「わたしのスペシャル解凍液《かいとうえき》よ。UEG《ウエグ》にこおらされたときのために開発《かいはつ》したの」

キュンメルザフトさんはまわりをみまわしてつぶやいた。

「また電球《でんきゅう》が全部《ぜんぶ》こわされたわね。ろうそくに火《ひ》をつけましょう」

キュンメルザフトさんがろうそくをたてている間《あいだ》に、トムはいすにたおれこむようにに身《み》をなげだすと、ため息《いき》をついた。トムの両手《りょうて》はふるえていた。腕《うで》も足《あし》も、とにかく全身《ぜんしん》がぶるぶるふるえて、まるで生《い》きているプディングみたいだった。

だんろの前《まえ》のリープリヒさんは、だんだんくちびるに赤《あか》みがさし、鼻《はな》の頭《あたま》もバラ色《いろ》になっていった。

キュンメルザフトさんは腕時計《うでどけい》をみた。

「とうぶんはしずかよ。ふつう、あの一回分《かいぶん》の墓場《はかば》の土《つち》で、少《すく》なくとも二時間《じかん》はUEG《ウエグ》の力《ちから》をうばうはずよ。つぎの手段《しゅだん》をかんがえるにはじゅうぶんな時間《じかん》だわ。それでは……」

すさまじい音《おと》がキュンメルザフトさんの話《はなし》をさえぎった。それはホールから聞《き》こえてきた。そして、身《み》の毛《け》もよだつような笑《わら》い声《ごえ》がひびいてきた。

フーゴはさけび声《ごえ》をあげると、いなずまのようなすばやさでじゅうたんの下《した》ににげこんだ。キュンメルザフトさんとトムはドアのところにはしり、外《そと》をうかがった。ふたりの目《め》にとびこんできた光景《こうけい》は、神経《しんけい》の細《ほそ》い人《ひと》にはとてもたえられないものだった。

そこでは、ホールいっぱいに身《み》の毛《け》もよだつような青《あお》カビが光《ひかり》をはなっていた。そして、ホールのまん中《なか》では、UEG《ウエグ》が天井《てんじょう》の下《した》で気球《ききゅう》みたいに大《おお》きくなってゆれながら、ちょうどシャンデリアを破裂《はれつ》させたところだった。

「十分《ぷん》、この土《つち》は十分間《ぷんかん》の効《き》き目《め》しかないんだわ。わたしの計画《けいかく》がすべてひっくりかえってしまう！」

キュンメルザフトさんはうめき声《こえ》をあげた。

UEG《ウエグ》は階段《かいだん》のところに急降下《きゅうこうか》してくると、耳《みみ》をつんざくようなキィキィ声《こえ》をあげながら手《て》すりをつたって上《うえ》にあがり、今度《こんど》はジェット機《き》のような猛《もう》スピードですべりおりてきた。そして、うれしそうなわめき声《こえ》をあげながら、大《おお》きなタンスと二つのテーブルをまるでお手玉《てだま》のようにかるがるとほうりなげ、とくいになってかべにたたきつけた。

「さあ、小《ちい》さなテストをするわよ」

キュンメルザフトさんはそうささやくと、コートのポケットからリンゴをとりだして、そっとホールにころがした。UEG《ウエグ》はリンゴに気《き》がつくと、すぐにタンスをはなして、すばやくリンゴをつかみ、大《おお》きな口《くち》にほうりこんだ。

ブハハハハハー!

キュンメルザフトさんはトムにささやいた。

「ああ、こいつはむさぼりUEG《ウェグ》だわ。チャンスよ」

UEG《ウェグ》はまた階段《かいだん》を猛《もう》スピードでのぼると、自分《じぶん》の頭《あたま》をはずしてごろりと下《した》にころがした。UEG《ウェグ》の頭《あたま》は意地悪《いじわる》そうに笑《わら》いながら階段《かいだん》の下《した》までころがってくると、その黄色《きいろ》い目《め》がトムをみつめた。

「横目《よこめ》よ、トム。まっすぐみてはだめ、ほら、横目《よこめ》をつかうのよ」

キュンメルザフトさんはそうさけぶと、とびあがってばけものの頭《あたま》をサッカーボールのように階段《かいだん》の上《うえ》にけりかえした。それからすばやくサロンにとんでもどると、あいているドアのところで、バケツをつかんでおどすようにたった。ばけものの頭《あたま》は階段《かいだん》の上《うえ》をわめきながらころがりおちた。UEG《ウェグ》は階段《かいだん》をおりてくると、カビ色《いろ》の指《ゆび》で頭《あたま》をつかみ、もとの場所《ばしょ》にはめもどした。それから

ゆっくりと、不気味《ぶきみ》なほどゆっくりと、キュンメルザフトさんとそのうしろで
ふるえているトムにむかって近《ちか》づいてきた。

バアアー！　まっていろ！

UEG《ウエグ》の声《こえ》はまるで井戸《いど》の底《そこ》からわきでるようになりひびいた。

「そんなにいばるんじゃないわよ！」

キュンメルザフトさんはさけんだ。

「大《おお》きなドラ声《こえ》でがなったり、とびまわって家具《かぐ》をこわしたって、ちっともこわくないわよ」

トムはUEG《ウエグ》のいやなにおいと気分《きぶん》の悪《わる》くなる横目《よこめ》のつかいすぎで目《め》がまわりそうだった。そのうえショックなことに、両手《りょうて》に、はっきりと青《あお》ジミがでている。

う━━せ━━ろ━━━！

UEG《ウェグ》はうなり声《ごえ》をあげて天井《てんじょう》にとどくほど大《おお》きくなった。

「おまえこそきえろ！　今《いま》すぐに！」

キュンメルザフトさんはそういうと、片手《かたて》に墓場《はかば》の土《つち》をにぎり、もう片方《かたほう》の手《て》でコートの下《した》から香水《こうすい》のスプレービンをひっぱりだした。

UEG《ウェグ》はばかにしたように笑《わら》い、窓《まど》ガラスをこわしはじめた。だが、黄色《きいろ》い目《め》は不安《ふあん》そうにバケツとスプレーの間《あいだ》をいったりきたりしている。

「スミレ香水《こうすい》よ。これはむずむずしておばけの皮膚《ひふ》をぞっとするほどかきむしるのよ。それにわたしの墓場《はかば》の土《つち》はもう味《あじ》わったわね」

バアアアアー！　そんなのどうってことないぜ。今夜《こんや》はもっとあばれてやるぞ。楽《たの》しみにしていろ！

UEG《ウェグ》はドラ声《ごえ》でがなり、カビ色《いろ》の口元《くちもと》に意地《いじ》の悪《わる》い笑《え》みをうかべると、パッときえた。

つぎの瞬間《しゅんかん》、ホールは物音《ものおと》ひとつしないまっ暗闇《くらやみ》におおわれた。

「きえた」トムはぼう然《ぜん》となり、まわりをみまわした。

「ええ、でも長《なが》い時間《じかん》じゃないわ。あいつは猫《ねこ》がねずみをからかうように、わたしたちをかるくあしらうつもりでいるのよ。でもね、どうしたらやつをやっつけることができるか、今《いま》わかったわ。ええ、そうよ。もちろんものすごく危《き》険《けん》なことになるでしょうけど」

13　極秘計画《ごくひけいかく》

ひざをガクガクさせながら、ふたりは居間《いま》にもどった。もえつきた火《ひ》の前《まえ》で、もとにもどったリープリヒさんがしずくのついた鼻《はな》をハンカチにうずめていた。

「こおりつくのはこれで五回目《かいめ》だ。肺炎《はいえん》にかかりそうです！」

リープリヒさんが鼻《はな》をすすりあげた。

「たいしたことなさそうでよかったですわ。もし、まともにUEG《ウェグ》の目《め》をみていたら、あなたはまちがいなくはりさけていましたもの」

キュンメルザフトさんはそういうと、半分《はんぶん》からになったバケツと香水《こうすい》スプレーをテーブルの上《うえ》において、どさっといすに身《み》をなげだした。

「な、なんですって。はりさけるですって？　し、しかし……そりゃあ、お、おそろしい！」

「もうきえた？　おっぱらったの？」

バニラアイスのように白《しろ》くなったフーゴが、じゅうたんの下《した》からでてきた。

「しずかにしてくれよ。きみはほんとうにたよりになるよな。きみのために、ぼくたちがここではりさけたりこおりついたりするような危険《きけん》な目《め》にあっているのに、きみったら、じゅうたんの下《した》にかくれていたんだもんな！」

「シッ！」

キュンメルザフトさんがくちびるに指《ゆび》をあてた。

みんなの頭《あたま》の上《うえ》でかすかにカリカリという音《おと》が聞《き》こえた。それがとつぜん耳《みみ》をつんざくような騒音《そうおん》にかわった。ラジオやテレビからいっせいに音《おと》がでて、リープリヒさんの目覚《めざ》まし時計《どけい》もなりだした。

「パニックにならないで。これはたわいもない機械《きかい》おばけよ」

ところが、そのとき天井《てんじょう》からニュッとみんなの頭《あたま》の上《うえ》に、カビ色《いろ》の腕《うで》がでてきた。

「気《き》をつけて！」

トムはそうさけぶと、スプレーをさっとつかんで、グニャグニャとゆれている氷《こおり》の指《ゆび》に、ビンの半分《はんぶん》ほどをふきかけた。

イハアアア――――！

頭《あたま》の上《うえ》でUEG《ウエグ》の金切《かなき》り声《ごえ》が聞《き》こえたかと思《おも》うと、空中《くうちゅう》でゆれていたおそ

ろしい手《て》が目《め》の前《まえ》でとけだした。ラジオ、テレビの音《おと》がとまり、目覚《めざ》まし時計《どけい》もなりやんだ。

「ウワー！　スミレだ！　またか！」

フーゴはぶつぶついうと、青白《あおじろ》いふにゃふにゃした体《からだ》をかきむしった。

さすがのキュンメルザフトさんも少《すこ》し青《あお》ざめていた。

「トム、じつによくやったわ。ありがとう」

「いいえ、どういたしまして」

トムはそういうと、めがねを指《ゆび》でいじりまわした。

リープリヒさんは大《おお》きなくしゃみをすると、あたりをうかがいながらたずねた。

「つぎはどうするおつもりですか？」

「それは……」

そういいかけて、キュンメルザフトさんはさらに声《こえ》を小《ちい》さくした。

「すぐにわかりますわ」

バッグからペンと紙《かみ》をとりだすと、ろうそくの光《ひかり》のそばで書《か》きはじめた。トムとリープリヒさんはどきどきしながら、キュンメルザフトさんの肩《かた》ごしにのぞいた。フーゴはぶつぶついいながら、そばでゆらゆらゆれていた。みんながよんだメモ用紙《ようし》にはこう書《か》いてあった。

みなさんへ
UEG《ウェグ》はきっとわたしたちの話《はなし》を盗《ぬす》み聞《ぎ》きしているので、みなさんにわたしの計画《けいかく》を書《か》いてお知《し》らせする方法《ほうほう》をとります。この紙《かみ》はできるだけはやくやぶかなくてはなりませんので、すぐによんでください。わたしとトムがちょっとした実験《じっけん》で確認《かくにん》したように、われわれが相手《あいて》にしているUEG《ウェグ》は、いわゆるむさぼりUEG《ウェグ》です。ここで重要《じゅうよう》なことは、やつが人間《にんげん》の食料《しょくりょう》にとても興味《きょうみ》をもっていることです。

リープリヒさんはうなずくと、ささやいた。

「そうなんです。わたしのビスケットを際限《さいげん》なく、くいつくしていますから」

キュンメルザフトさんはくちびるにひとさし指《ゆび》をあてると、つづきを書《か》いた。

ここのUEG《ウェグ》は墓場《はかば》の土《つち》をなげつけただけではほとんど効果《こうか》がなかったので、土《つち》をたべさせるようにしなければなりません。しかしわたしはまだ一度《ど》もためししたことがありません。UEG《ウェグ》はかなり洗練《せんれん》された味覚《みかく》センスをもっているので、はっきりいうと、まだ成功《せいこう》したことがないんです。今《いま》までの報告《ほうこく》ではすぐにえさをはきだし、そのあとものすごくいかりくるい、ハンターにとって悪《わる》い結果《けっか》となるとのことです。

ところが、わたしたちにはひとつだけ希望《きぼう》があります。リープリヒさん！　UEG《ウェグ》がすぐにでもたべたくなるようなビスケットを考《かんが》えてください。おばけの味覚《みかく》については、われらの友《とも》フーゴがよく知《し》っていますから、きっとあなたにアドバイスできるでしょう。時間《じかん》は三十分《ぷん》だけ。その間《あいだ》にトムとわたしはできるかぎり、UEG《ウェグ》を台所《だいどころ》に近《ちか》づけないようにします。みなさん、これがわたしの計画《けいかく》です。ほかにチャンスはありません。にげる以外《いがい》にはね。

キュンメルザフトさんは返事《へんじ》をもとめるようにUEG《ウエグ》にたちむかう仲間《なかま》をみつめた。

トムはうなずいて、「OK《オーケー》」といった。

リープリヒさんは「ベストをつくします」と低《ひく》い声《こえ》でいった。

フーゴは少《すこ》しゆらゆらとまわりをただよってから、やっぱりうなずいた。

「いいわ。では、これをここですぐに処分《しょぶん》しましょう」

メモ用紙《ようし》をろうそくの炎《ほのお》にかざしたちょうどそのとき、冷《つめ》たい風《かぜ》が部屋《へや》にふきこんで、メモがキュンメルザフトさんの手《て》からとばされてしまった。ろうそくも全部《ぜんぶ》ふきけされ、火《ひ》のきえただんろからカビ色《いろ》の光《ひかり》がでてきた。

「メモを、はやくみつけなくては！」

キュンメルザフトさんがさけんだ。

トムとリープリヒさんが、暗闇《くらやみ》の中《なか》を手《て》さぐりでさがしまわったが、むだな努力《どりょく》だった。だんろからおぞましいうめき声《ごえ》がして、UEG《ウエグ》がにやにや笑《わら》いながら頭《あたま》をだした。

ハハハハハヒヒヒヒ……

UEG《ウエグ》の目《め》は車《くるま》のヘッドライトのように光《ひかり》をはなっていた。

トムは死《し》にものぐるいで怪物《かいぶつ》に突進《とっしん》し、そのグニャグニャした体《からだ》めがけてバケツの土《つち》をたっぷりとかけた。

ひ、ひーどーーーい！

UEG《ウエグ》がものすごい声《こえ》でわめいたので、トムの耳《みみ》はちぎれそうだった。

UEG《ウエグ》はわれた風船《ふうせん》のようにシュウシュウ音《おと》をたてながらしぼんでいった。

そして、最後《さいご》の力《ちから》をふりしぼり、氷《こおり》の指《ゆび》でトムの腕《うで》をかすめると、小《ち》さくうなりながらかべの中《なか》に姿《すがた》をけした。トムはつまずいてひっくりかえった。気《き》がつくと左腕《ひだりうで》がつららのようにかたくなっていた。

マッチの炎《ほのお》がもえあがった。キュンメルザフトさんがろうそくに火《ひ》をつけて、必死《ひっし》にメモをさがしまわったが、どこにもみあたらない。

「これで、もうおしまいだわ」

キュンメルザフトさんは、がっくりとソファーに身《み》をしずめると、つぶやいた。

トムはつらそうにおきあがると、ほとんどからからになったバケツをわきにおいた。

キュンメルザフトさんがトムの腕《うで》をささえた。

「スペシャル解凍液《かいとうえき》をつけてくれますか」

「もちろんよ」

そういうと、キュンメルザフトさんはバッグから小《ち》さなビンをとりだした。

「きみはものすごく勇気《ゆうき》があるのね。でも、ざんねんだけどその勇気《ゆうき》はもう必要《ひつよう》ないわ。わたしたちはもうにげるしかないわ。こんなことわたしの今《いま》までの人生《じんせい》でなかったことよ」

そういうと、キュンメルザフトさんは、いらいらして頭《あたま》をふった。

「あなたは……あなたは、わたしたちがここをでなければならんといってるんですか？」

リープリヒさんはハンカチで鼻《はな》をかみながらたずねた。

キュンメルザフトさんはだまってうなずいた。

そのとき、とつぜん、ソファーの下《した》から声《こえ》がした。

「みんな、あきらめちゃだめだよ！」

フーゴは、うっとりした顔《かお》でソファーの下《した》からゆらゆらとでてくると、メモ用紙《ようし》をひらひらさせて、テーブルの上《うえ》においた。

「なんと、すばらしい。実《じっ》にすばらしい」リープリヒさんがさけんだ。

「いいぞ、フーゴ。きみってすごいな」

「シッ」

キュンメルザフトさんはそういうと、またメモ用紙《ようし》をろうそくの炎《ほのお》にかざした。今度《こんど》は無事《ぶじ》に極秘計画《ごくひけいかく》メモは灰《はい》になった。キュンメルザフトさんは安心《あんしん》し

てテーブルの上《うえ》から灰《はい》をふきとった。
「トム、リープリヒさん、フーゴ、準《じゅん》備《び》はいい？」
仲間《なかま》全員《ぜんいん》、こっくりとうなずいた。
「さあ、あのふゆかいなUEG《ウェグ》にすぐに思《おも》い知《し》らせてやるわ！」

14　UEG《ウエグ》との対決《たいけつ》

トムがキュンメルザフトさんと大《おお》きな階段《かいだん》のところにきたときには、ホールはもうまっ暗《くら》だった。台所《だいどころ》からわずかにガチャガチャという音《おと》がしてきた。リープリヒさんがすでに仕事《しごと》をはじめている。

「運《うん》がいいわ。わたしのUEG《ウエグ》サイコロによると、やつは上《うえ》よ。三十分《ぷん》はまだ上《うえ》にいると思《おも》っていいわ。ほら」

キュンメルザフトさんはささやいて、なぞめいたバッグからヘルメットをふ

たつとりだした。

「山仕事《やましごと》のヘルメットよ。前《まえ》に小《ちい》さなランプがついているでしょ。とっても便《べん》利《り》よ！」

トムがかぶると、ヘルメットはほとんど鼻《はな》までずりおちてしまった。

「ざんねんだけど、小《ちい》さいサイズがないのよ。用意《ようい》はいい？　スミレ香水《こうすい》は？　UEG《ウエグ》サイコロは？」

トムはうなずいた。

「いいわ。それじゃいきましょう」

トムはたっていられないくらいおそろしかったけど、ズボンのポケットにのこりの墓場《はかば》の土《つち》を入《い》れてキュンメルザフトさんについて階段《かいだん》をあがった。九時《じ》十五分前《ふんまえ》。一段《だん》あがるごとにさむくなった。一番上《ばんうえ》の段《だん》には雪《ゆき》がつもっていた。

「UEG《ウェグ》の氷《こおり》の息《いき》のせいよ」

キュンメルザフトさんはささやき、まわりをみまわした。ホールの階段《かいだん》を一番上《ばんうえ》までいくと、そこはまわり廊下《ろうか》になっていて、いくつかドアがあった。ふきぬけになっているホールとの境《さかい》には、細《ほそ》い手《て》すりがあるだけだった。トムがそっと手《て》すりの下《した》をのぞきこむと、ホールの深《ふか》い闇《やみ》はまるで黒《くろ》い海《うみ》のようにみえた。

キュンメルザフトさんは身《み》をくねらせて、雪《ゆき》におおわれたじゅうたんの上《うえ》を最初《さいしょ》のドアまでしのび足《あし》であるいた。トムがそのうしろにつづいた。トムのU《ウ》EG《エグ》サイコロは焼《や》きたての丸《まる》パンのようにあたたかだった。ドアはかたむき、部屋《へや》は深《ふか》い雪《ゆき》におおわれていた。家具《かぐ》はたがいにつみかさなり、じゅうたんはズタズタにひきさかれ、ランプにぶらさがっていた。

つぎの部屋《へや》は寝室《しんしつ》だった。こおりついた窓《まど》の前《まえ》にベッドがあった。そのベッドには氷《こおり》のかけらがあるだけで、雪《ゆき》はつもっていなかった。ベッドのとなりにはナイトテーブル、かべ側《がわ》には、ばかでかい鏡《かがみ》のついた化粧《けしょう》ダンスがあったが、それにはひっかき傷《きず》さえついていなかった。

「どうやら、ここがやつの一番《ばん》きらいなところらしいわ。もし、UEG《ウエグ》においかけられたら、この化粧《けしょう》ダンスが最《さい》高《こう》のかくれ場所《ばしょ》よ。このドアをおぼえていてね。トム」
キュンメルザフトさんがささやいた。
トムはうなずいたものの、だんだん不安《ふあん》になってきた。

つぎのドアの中《なか》には、こわれた家具《かぐ》やひっくりかえった絵《え》、それにベトベトになった本《ほん》のほかにはなにもなかった。トムのUEG《ウエグ》サイコロが冷《つめ》たくなった。足《あし》を一歩《ぽ》、ふみだすたびに冷《つめ》たくなっていく。
とつぜん、物音《ものおと》がした。そのとき、ふたりはすでに階段《かいだん》からかなりはなれたところにいた。七番目《ばんめ》のドアの中《なか》からだ。おそろしいピアノの音《おと》と、それにあわせてうたう声《こえ》が聞《き》こえてきた。

いま〜〜〜　い〜〜く〜〜〜
いま〜〜〜　い〜〜く〜〜〜
お、おまえたちを　お〜っそろしく　おどかしてやるぞ〜

ふたりはできるだけ音《おと》をたてないようにしのび足《あし》で近《ちか》づいた。くつの下《した》の雪《ゆき》だけがキュッキュッと音《おと》をたてていた。

「ちょっとまって」

キュンメルザフトさんはそうささやくと、雪《ゆき》がつもったドアの前《まえ》にたくさんの花火《はなび》をたてた。トムがかぎ穴《あな》から中《なか》をのぞくと、UEG《ウエグ》が青《あお》カビ色《いろ》の光《ひかり》をはなち、ピアノの上《うえ》にすわって、グニャグニャした指《ゆび》ではげしく鍵盤《けんばん》をたたいていた。頭《あたま》はいすの上《うえ》で、ぞっとするようなドラ声《ごえ》でうたっていた。

「でてきそうもありません」

トムはキュンメルザフトさんにささやいた。

「それどころか頭《あたま》をとりはずしています」

「それはいいわ」

キュンメルザフトさんはささやきかえした。

「きみがここでみはっている間《あいだ》に、いそいでほかの部屋《へや》をみてくるわ。わたしがもどってくる前《まえ》に、UEG《ウエグ》がでてきたら、すばやくこの花火《はなび》に火《ひ》をつけて、スミレ香水《こうすい》をふきかけるのよ。墓場《はかば》の土《つち》をつかうのは、ものすごくこまったときだけにして！　いそいでいってくるわ」

そういうと、キュンメルザフトさんは暗闇《くらやみ》にきえた。

（どうせぼくは運《うん》が悪《わる》いから、すぐ、やつにでてこられちゃうだろうな）

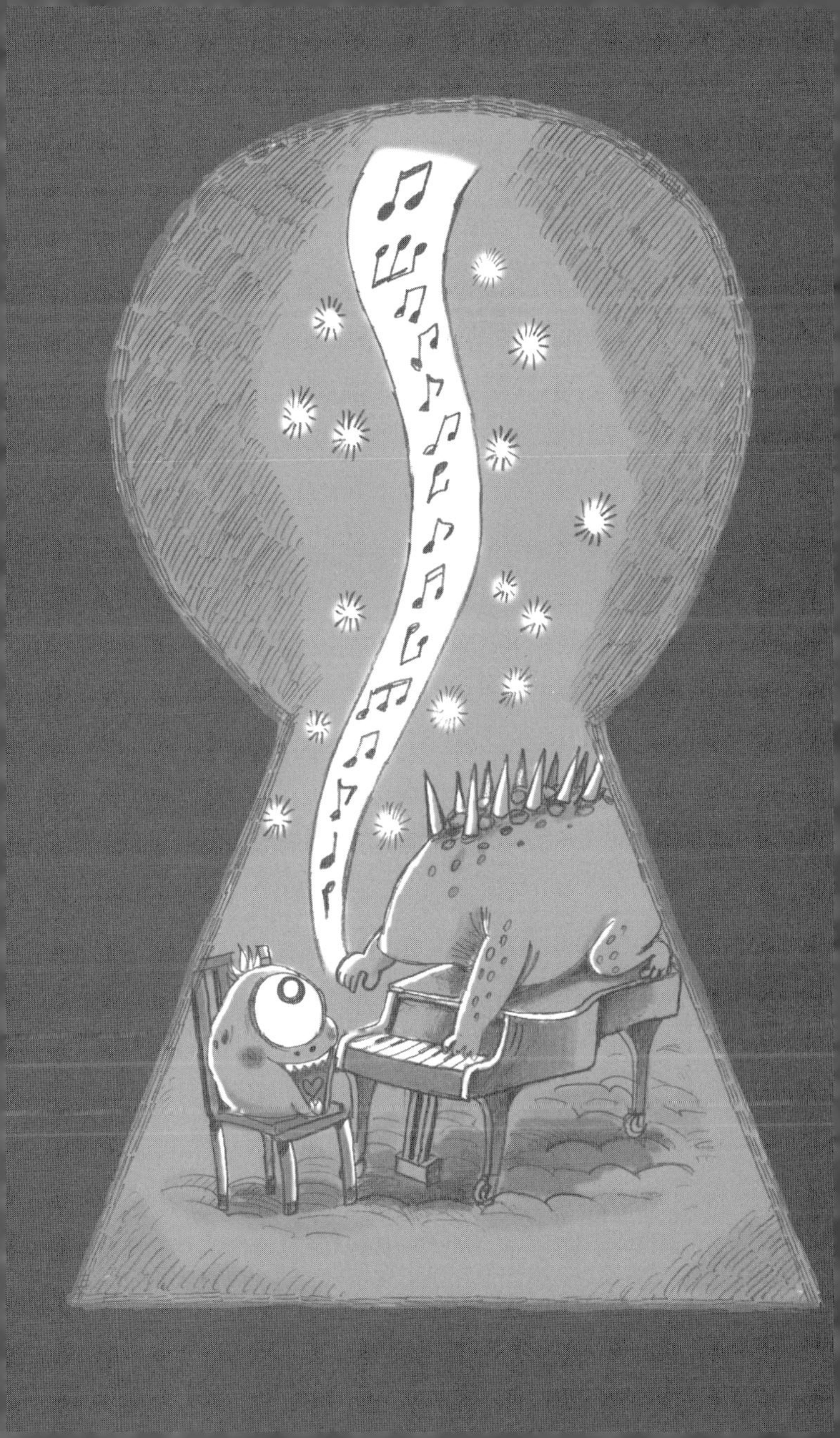

トムはそんなことをかんがえながら、かぎ穴《あな》から部屋《へや》の中《なか》をのぞきこんだ。UEG《ウェグ》はもうピアノのそばにいなかった。ちょうど自分《じぶん》の頭《あたま》を高《たか》くほうりあげて、果物鉢《くだものばち》になげこんであそんでいたところだったが、とつぜん、また頭《あたま》をはめこむと、ドアにむかってグニャグニャと動《うご》きだした。

「ちくしょう！　なんて、いやなやつなんだ！」

トムはそうつぶやくと、ふるえる指《ゆび》をズボンのポケットにつっこみ、マッチをひっぱりだした。シュッ！　花火《はなび》は雪《ゆき》の上《うえ》に針《はり》のような光《ひかり》をはなったが、あっけなくきえてしまった。

とつぜん、UEG《ウェグ》がかべをとおりぬけてトムのうしろにあらわれた。最初《さいしょ》、UEG《ウェグ》はトムをぽかんとみおろしていたが、それからニタリと笑《わら》った。その笑《わら》い顔《がお》といったら、手足《てあし》がブルブルとふるえ、歯《は》はカタカタとなり、心臓《しんぞう》の鼓動《こどう》がとまるかと思《おも》うほどおそろしかった。

化粧《けしょう》ダンスのところににげこむには、UEG《ウェグ》をとおりこしていかなければならない。

トムは向《む》きをかえて、キュンメルザフトさんのいる方《ほう》へはしった。

「た、たすけて！　キュンメルザフトさん！　やつがき、きーたー！」

UEG《ウェグ》は気味《きみ》の悪《わる》いヒッヒッヒッという笑《わら》い声《ごえ》をあげながら、トムをおいかけてきた。

トムの首筋《くびすじ》に氷《こおり》のように冷《つめ》たい息《いき》がかかった。

（もうおわりだ。すぐにこおらされてしまう……）

そのとき、キュンメルザフトさんが暗闇《くらやみ》の中《なか》を、火花《ひばな》のとびちる花火《はなび》の束《たば》を両手《りょうて》にもち、それを空中《くうちゅう》でぐるぐるとふりまわしながらとびだしてきた。

「スミレ香水《こうすい》よ！　はやく！」

UEG《ウエグ》はあっけにとられてたちどまると、花火《はなび》におこって目《め》をパチパチさせ、トムがこぼした香水《こうすい》に鼻《はな》をヒクヒクさせてうなった。

バアアー！　おまえたちも、も、う、これまでだ！

「ざんねんだけど、そのとおりよ」

キュンメルザフトさんがトムの耳元《みみもと》でささやいた。

キュンメルザフトさんの手《て》の中《なか》で、

花火《はなび》がゆっくりとつぎつぎにきえていく。

「のこっている墓場《はかば》の土《つち》をつかって、なんとか化粧《けしょう》ダンスのところまでいかなきゃ。でも少《すこ》しだけ、ほんの少《すこ》しずつつなげるのよ」

キュンメルザフトさんはUEG《ウエグ》にむかって大声《おおごえ》でいった。

「あんたが勝《か》ったわ。おばけさん。わたしたちはあきらめるわ。この家《いえ》をでていくから、そこをとおしてよ」

そして、しっかりした足《あし》どりで、びっくりしているUEG《ウエグ》のところにいった。

トムはそのうしろをよろめきながらついていった。

ホホーイ！　おまえたちには、それがいい！

そのとき、ピシャ！　キュンメルザフトさんがUEG《ウエグ》に、指《ゆび》でひとつまみの土《つち》をなげつけた。

UEG《ウエグ》はうなると、グニャグニャとゆれながらあとずさりした。

ピシャ！　今度《こんど》はトムがなげつけた。

UEG《ウエグ》は一歩《ぽ》ずつ、ののしり、泣《な》きわめきながら、うしろにさがっていった。

ところが、墓場《はかば》の土《つち》が化粧《けしょう》ダンスの部屋《へや》の手前《てまえ》でなくなってしまった。

UEG《ウエグ》は意地悪《いじわる》そうに、ニタリと笑《わら》った。

ほら、下《した》をみろ！　おまえたちをつきおとしてやるぞ！

UEG《ウエグ》はどなると、氷《こおり》の指《ゆび》で手《て》すりの先《さき》のまっ暗《くら》なホールの底《そこ》をゆびさした。

トムは手《て》すりにしがみついた。

ウアアア――――！

とつぜん、トムの上《うえ》の方《ほう》でうなり声《ごえ》があがった。しかしそれはUEG《ウエグ》の声《こえ》ではなく、フーゴの声《こえ》だった。フーゴはトムとキュンメルザフトさんのえりをつかむと、手《て》すりの上《うえ》にひっぱりあげ、それから、ふたりをかかえるといそいで手《て》すりからゆらゆらとうかびあがった。

「フーゴ！　いったいどこからきたんだ！」トムがさけんだ。

「ぼくたち完成《かんせい》させたよ。準備完了《じゅんびかんりょう》だ！」フーゴが低《ひく》い声《こえ》でいった。

フーゴはせいいっぱいのスピードでふたりを台所《だいどころ》へとはこんでいった。おいしそうなビスケットのかおりがただよってきた。

「UEG《ウエグ》よ！　やつがきたわ！」キュンメルザフトさんがさけんだ。

UEG《ウエグ》はフーゴが不意《ふい》にあらわれたことを知《し》ると、おそろしくいかりくるって、おいかけてきた。危機一髪《ききいっぱつ》、フーゴは台所《だいどころ》のドアをさっととおりぬけると、トムとキュンメルザフトさんをつれて戸《と》だなの上《うえ》にかくれた。リープリヒさんのくつの先《さき》がカーテンの奥《おく》からのぞいているのがみえた。

ブラアアアアアアアアア――――！

UEG《ウェグ》はものすごいいきおいで入《はい》ってきたが、とつぜん、テーブルの上《うえ》にある大《おお》きなビスケット皿《ざら》の前《まえ》でたちどまった。クンクンとにおいをかぐと、いやしい笑《わら》いをうかべてグニャグニャした指《ゆび》でビスケットをつかみ、大《おお》きな口《くち》にがつがつとつめこんだ。

「ひとつ」

キュンメルザフトさんがささやいた。UEG《ウェグ》はゲップをして、自分《じぶん》のおなかをさわった。

「ふたーつ！」

UEG《ウェグ》はしゃっくりをして、レモンのように黄色《きいろ》くなった。

「みぃ――――っつ」キュンメルザフトさんがさけんだ。

パーーーン！　と音《おと》がして、UEG《ウエグ》は黄色《きいろ》いチョウチョのように小《ちい》さくなった。トムは自分《じぶん》の目《め》が信《しん》じられなかった。

「やった！　墓場《はかば》の土《つち》の効果《こうか》だわ！」

キュンメルザフトさんは興奮《こうふん》のあまり、もうちょっとで戸《と》だなからおちるところだった。

「はやく！　つかまえて、フーゴ！」

「オッケー」

フーゴはヒラヒラととびまわるUEG《ウエグ》をおいかけた。すばやくドアにむかうとパッとUEG《ウエグ》にくいついた。

「おお、すばらしい！」

リープリヒさんはそうさけぶと、カーテンのうしろから顔《かお》をだした。

「ほら、フーゴ、うけとって！　おばけ専用保存《せんようほぞん》ビンよ！　この中《なか》にUEG《ウェグ》をとじこめて！」

キュンメルザフトさんはそうさけぶと、フーゴにむかってなにかをなげた。

それはごくふつうのジャムのビンみたいだった。

ひきょうだ！　しかえししてやる！

ビンにとじこめられたUEG《ウェグ》は金切《かなき》り声《ごえ》でさけんだが、その声《こえ》はキィキィとひどい音《おと》をたてただけだった。もはやUEG《ウェグ》は、すきとおったかべにむかってジタバタすることしかできなかった。

「ところでリープリヒさん、あなたのビスケットは最高《さいこう》でしたわ」

フーゴがキュンメルザフトさんとトムを戸《と》だなからおろすと、キュンメルザフトさんはリープリヒさんに話《はな》しかけた。

リープリヒさんはサクランボのように赤《あか》くなって、うれしそうにいった。

「フーゴおじさんが、わたしをたすけてくれましたから」

「いずれにしても、調理法《ちょうりほう》をあとで教《おし》えてくださいね。今後《こんご》のUEG《ウェグ》退治《たいじ》のためにね」

トムはにやにやしながらビンをのぞきこんだ。

「こんなに小《ちい》さくなって、すっごくおかしいね」

UEG《ウェグ》はいかりくるった頭《あたま》をトムにむけるとバタバタとさせた。

「とりあえず、わたしがそれを家《いえ》にもって帰《かえ》ります。それからどうするか、あしたみんなでおいしい紅茶《こうちゃ》をのみながらかんがえましょう」

「家《いえ》に？　あっ！」とトムはさけんで、時計《とけい》をみた。

「もうおばあちゃんのところに帰《かえ》る時間《じかん》だ。じゃないと大《おお》さわぎになっちゃうよ」

「とんでってやるよ。おわかれのプレゼントだ」フーゴがささやいた。

「ときどきあそびにくるよ。きっとだ。もし、リープリヒさんがいやじゃなかったらね」

「とんでもない、そのぎゃくだよ。きみがくるたびに特製《とくせい》ビスケットをやいてあげるよ」

「ありがとう」

トムはそういってめがねをかけなおすと、フーゴにいった。

「きみにたのみがあるんだ。きみはぼくに、とってもすばらしいことができるんだけどな……」

「なに？　どんなこと？」

フーゴは好奇心《こうきしん》でいっぱいになった。

「ぼくに姉《ねえ》さんがいるの知《し》っているだろう。姉《ねえ》さんはおばけを信《しん》じていないんだ。だから、きみが、おばけがいるってことを教《おし》えてやってよ」

「いいとも、とってもおもしろそうだ。今《いま》すぐにかい？」

トムはあくびをしながら頭《あたま》をふった。

「いいや、一番《ばん》いいのは金曜日《きんようび》だ。暗《くら》くなったらすぐがいい。ぼくの部屋《へや》の窓《まど》をたたいてくれ」

「もちろんいいよ」

フーゴはうれしそうに目《め》をかがやかせて、氷《こおり》の指《ゆび》をこすった。

「きみの姉《ねえ》さんはこわがりかい？」

「いいや、ぜんぜんそうじゃないんだ。だから、きみがこわがらせてやるのさ」

15　最高《さいこう》の夜《よる》

金曜日《きんようび》の夜《よる》は、パパとママが外出《がいしゅつ》する日《ひ》だ。だから金曜日《きんようび》の夜《よる》はたいてい、両親《りょうしん》はきっちりと弟《おとうと》のみはりをする姉《あね》に、トムの世話《せわ》をまかせていた。ほんとうはローラだって友《とも》だちにあって、ぺちゃくちゃとおしゃべりしたいにきまっている。だからその不満《ふまん》をトムにぶつけてくる。

この金曜日《きんようび》もいつものとおりだった。

ローラは両親《りょうしん》がでかけると、すぐに電話《でんわ》のところに陣《じん》どり、少《すく》なくとも五

人《にん》の友《とも》だちに、今晩《こんばん》はこわがりでひとりじゃいられない、ばかでまぬけな弟《おとうと》のめんどうをみなきゃならないのよ、と電話《でんわ》で話《はな》した。

それがおわると、「映画《えいが》は十二歳《さい》になってからよ」と、さえずるようにいって、トムの鼻先《はなさき》でパチンとテレビのスイッチをきった。そして、おばあちゃんからもらったチョコレートを乱暴《らんぼう》にとりあげ、トムが歯《は》みがきするのを砂時計《すなどけい》で監視《かんし》した。そして、あと一時間《じかん》だけベッドで本《ほん》をよんでよろしいと、寛大《かんだい》なる許可《きょか》をあたえた。いつもの金曜日《きんようび》とおなじだった。

でも今夜《こんや》のトムはとなりでテレビがなりひびいている間《あいだ》、歯《は》ぎしりもしないで横《よこ》になっていた。今夜《こんや》はフーゴをまっているのだ。

おばけの友《とも》だちは、トムの部屋《へや》が暗闇《くらやみ》におおわれると、月《つき》の光《ひかり》のように音《おと》もなくやってきた。フーゴはかべをぬけてゆらゆらととんできた。

「ハロー、約束《やくそく》どおりきたよ」

フーゴはささやいた。

「姉《ねえ》さんは居間《いま》にいるよ。こっちだ、案内《あんない》するよ」

トムは音《おと》がしないように部屋《へや》のドアをあけて、するりと廊下《ろうか》にでた。フーゴはブゥーンと小《ちい》さな音《おと》をたてながらゆらゆらついてきた。

いつものように居間《いま》のドアは少《すこ》しあいていたので、テレビの前《まえ》で笑《わら》っているローラの声《こえ》が聞《き》こえてきた。

「じゃあね。約束《やくそく》どおりにね。いいかい」トムはささやいた。

「ヤアアア――！」

フーゴは楽《たの》しそうな声《こえ》をあげると、ドアをとおって部屋《へや》の中《なか》にさえた。トムは向《む》きをかえると矢《や》のようなはやさで自分《じぶん》の部屋《へや》にもどり、電気《でんき》をつけてベッドにとびこんだ。

テレビの音《おと》がとつぜんとまった。そのかわりにするどく小《ちい》さなさけび声《こえ》が聞《き》こえてきた。

つぎの瞬間《しゅんかん》、青《あお》ざめてガタガタふるえたローラがトムの部屋《へや》にとびこんできた。あわててドアにかぎをかけて、そこによりかかった。

「え、そんなにはらはらする映画《えいが》なの。ただの西部劇《せいぶげき》かと思《おも》っていたけどね」

トムはそういって、めがねをかけなおした。

ローラは口《くち》をパクパクさせた。

「お、お、おばけが、ソファーにすわってるのよ!」

「ああ、いないはずの例《れい》のおばけのこと? ぼくからもよろしくって、いっておいてよ」

「ばかなじょうだんはやめて」ローラはいらいらしていった。

「やつはものすごく大《おお》きいのよ! チョコレートをたべて、うなり声《ごえ》をあげて、目《め》をぎょろぎょろさせているわ」

「ふうん、そうなの」

トムはそういって、本《ほん》から目《め》をはなさないで、夢中《むちゅう》になってよんでいるふりをしていた。

「おばけが特《とく》に礼儀正《れいぎただ》しいってことないだろう? 姉《ねえ》さんだって、ぼくのチョコレートをたべただろう。台所《だいどころ》の戸《と》だなにもう一枚《まい》あると思《おも》うけど」

「な、なに、ばかげたことといってるのよ。おばけなのよ。おチビさん、わかっているの？　本物《ほんもの》のおばけよ。電球《でんきゅう》をこわして、そこらじゅうをベトベトにしたやつよ。警察《けいさつ》をよばなきゃ」

「いやあ、ゆかいだな。おばけに手錠《てじょう》をかけるのかな」

トムはクスクスと笑《わら》った。

「なに笑《わら》ってんのよ、あんたばかじゃないの！」

ローラは金切《かなき》り声《ごえ》をあげた。

ため息《いき》をつきながら、トムはバタンと本《ほん》をとじた。

「正確《せいかく》にはどのくらいの大《おお》きさなの？」

「さあ、でもすごく大《おお》きい。天井《てんじょう》にまでグニャグニャと大《おお》きくなったわ」

「なんだ、かなり小《ちい》さいほうだよ。ドアのかぎをあけてよ。ちょっとみてくるから」

「な、なんで？　あんた気《き》でもくるったんじゃないの！」

「ドアにかぎをかけておばけをくいとめようなんてかんがえてるとしたら、姉《ねえ》さんこそ頭《あたま》がおかしいよ。かんたんにゆらゆらとおりぬけちゃうんだから」

ローラはおどろいてドアからとびのいた。

トムはばかにしたような笑《え》みをうかべると、ローラのわきをとおり、ドアをあけて、ゆっくりと暗《くら》い居間《いま》に入《はい》っていった。

居間《いま》では、フーゴが青《あお》みがかった緑色《みどりいろ》にゆらめきながら、ローラのいすにすわりチョコレートをしゃぶっていた。

「みえるでしょ」

ローラがささやいた。ローラはかすかに歯《は》をカタカタいわせながら、トムの肩《かた》ごしに居間《いま》をのぞいていた。

「あ、あ、あれって、も、もの、ものすごいって思《おも》わない？」

「ああ、まあね。あれは〈まあまあ・うざったい・ゴースト〉だ。問題《もんだい》ないよ」

「な、なにをいっているの⁉」

「しっ」

トムは非難《ひなん》するようにせきばらいをした。

「おーい、おばけ！」

トムは大《おお》きな声《こえ》でいった。

「きえうせろ！　聞《き》こえたのか！　姉《ねえ》さんにしずかにテレビをみさせてやれよ」

ウウウウウウ――

フーゴはうなり声《ごえ》をあげながら、おどろかすようにふくらみ、氷《こおり》の指《ゆび》をふたりの方《ほう》にのばした。そして、自分《じぶん》の体《からだ》をまぶしく光《ひか》らせた。

ローラは金切《かなき》り声《ごえ》をあげて自分《じぶん》の部屋《へや》にとんでいった。

「すごいぞ」

トムはささやいた。そして、ローラに聞《き》こえるように、大声《おおごえ》でさけんだ。

「そんなにいばるなよ。おまえなんか、姉《ねえ》さんをこわがらせることができたって、ぼくにはつうじないぞ。きえろ、さもないと永遠《えいえん》においだすぞ！」

アアアアアウオオオー！

フーゴはうめき声《ごえ》をあげて、トムのそばで親《した》しげな笑《え》みをうかべてゆれた。

「それじゃあ、最後《さいご》の警告《けいこく》だ。さあ、いうぞ。スミレ！　墓場《はかば》の土《つち》！　鏡《かがみ》！」

「オオオ……」フーゴはかなしそうにうなった。

「きえろ！　すぐにだ！」トムはもう一度《ど》さけんだ。

胸《むね》がはりさけるようなため息《いき》、そして親《した》しげな合図《あいず》をして、フーゴは窓《まど》の上《うえ》にゆらゆらとうかんだ。

「またね。ぼくの友《とも》だち」

フーゴはそっとささやいた。それから外《そと》の闇《やみ》にきえていった。

居間《いま》はしずかになった。

トムの前《まえ》で音《おと》のきえたテレビがちらちらしていた。

ローラが自分《じぶん》の部屋《へや》からびくびくと鼻《はな》の頭《あたま》をだした。

「でてきていいぞ。おばけはでていったよ」

ローラはうたがいぶかく居間《いま》をのぞいた。それから小《ちい》さい弟《おとうと》をびっくりしてみつめた。

「あんた、あんたがほんとうにおっぱらったの」

トムは肩《かた》をすくめた。

「もういいだろう。おやすみ」

テレビの画面《がめん》は野蛮《やばん》なカウボーイのうちあいがうつされていた。

「少《すこ》し一緒《いっしょ》にみない？」

ローラはそういうと、心配《しんぱい》そうにソファーのうしろをのぞいた。

「この映画《えいが》おもしろいわよ。ママには絶対《ぜったい》いわないから」

「結構《けっこう》。西部劇《せいぶげき》なんて、死《し》ぬほど退屈《たいくつ》だよ」トムはそういうとあくびをした。

自分《じぶん》の部屋《へや》にもどると、深《ふか》いため息《いき》をつきながら窓《まど》ぎわにすわり、外《そと》の月《つき》をみた。

「ぼくの人生《じんせい》で最高《さいこう》の夜《よる》だ。最高《さいこう》だ」

ローラは二度《ど》とトムのことをばかなチビなどとよばなくなった。そして、金《きん》曜日《ようび》の夜《よる》はほんとうに快適《かいてき》になった。というのも、ローラがとつぜん、ひとりでテレビをみるのをいやがるようになったからだ。トムのチョコレートも横《よこ》どりされなくなった。かんたんにいうと、ローラはまあまあゆるせる姉《ねえ》さんになった。

ところで、この物語《ものがたり》のほかの英雄《えいゆう》たちはどうしているのだろう？

キュンメルザフトさんはゴーストハンターとして、危険《きけん》なUEG《ウエグ》の扱《あつか》い方《かた》について講演《こうえん》をしたり、リープリヒさんとお茶《ちゃ》をのんだりしてすごしている。

リープリヒさんは「おばけのキス」という名前《なまえ》をつけたビスケットのレシピ

――もちろん墓場《はかば》の土《つち》ぬき――を大《おお》きなビスケット工場《こうじょう》に売《う》りこみ、それが大変《たいへん》なヒット商品《しょうひん》となった。

フーゴはまた、自分《じぶん》の古《ふる》いお屋敷《やしき》でおだやかにしあわせそうにくらしている。

ところで、UEG《ウエグ》といえば、そう、ビンの中《なか》に入《い》れられたまま、今《いま》もキュンメルザフトさんの本《ほん》だなにおかれている。はじめのうちこそ、いかりくるってグニャグニャゆれまわっていたが、やつにはもうなにかをしでかそうなんてかんがえはこれっぽっちもなさそうだ。ただこのところ、また少《すこ》し大《おお》きくなっているような……そんな気《き》が……？

作者紹介

この作品の作者、コルネーリア・フンケはドイツ語圏でもっとも人気のある児童文学作家の一人です。一九五八年にドイツのヴェストファーレン州のドレステンに生まれ、小さいころから絵を描くことが大好きでした。しかし、子ども関係の仕事にも興味《きょうみ》を持っていましたので、最初は教育学を専攻し、教育者としての仕事につきました。その仕事のかたわら、ハンブルク造形《ぞうけい》大学でイラストを学び、一九八七年からフリーのイラストレーター、児童文学作家として活躍しています。夫とふたりの子どもとともにハンブルクに住んでいます。

この作品は「ゴーストハンター」シリーズの第一作目です。おばけと対決するゴーストハンターの活躍には、フンケのユーモアあふれるアイディアが次々と飛び出してきます。また、オリジナル版《ばん》はフンケ自身がイラストも描いていますが、日本の読者のためにタダユキヒロさんが怖くて楽しいイラストを描いてくださいました。このシリーズは四巻まで発表されていますが、次の作品にはどんな冒険とアイディアがかくされているのでしょう。とても楽しみです。フンケはこのシリーズの他にもたくさんの作品を発表しています。それらの作品は大人から子どもまで幅広く受け入れられ、数多くの賞を受賞しています。日本では『どろぼうの神さま』『龍《りゅう》の騎士《きし》』『魔《ま》法《ほう》の声』（いずれもWAVE出版刊）が紹介されています。

杉本栄子（ドイツ民話研究家）

著者紹介

杉本栄子《すぎもとえいこ》

東京都生まれ。日本とドイツの民話研究で活躍している。共著に『決定版世界の民話事典』（講談社）「怪談レストラン」シリーズ（童心社）共訳に『世界の妖怪たち』（三弥井書店）などがある。

タダユキヒロ

大阪府生まれ。京都精華大学デザイン科卒業後、雑誌や書籍の挿絵を中心に活躍している。おもな作品に「ゲームジャック」シリーズ（講談社）『キミもカリスマ！超人気者完全マニュアル』（ポプラ社）などがある。

フォア文庫
http://www.4bunko.com

この文庫は、岩崎書店、金の星社、童心社、理論社の四社によって協力出版されたものです。

ISBN4-494-02788-X　NDC913・173×113

ゴーストハンター氷の足あと

2004年11月　第1刷発行

作者　コルネーリア・フンケ
訳者　杉本栄子
画家　タダ ユキヒロ
発行　株式会社 童心社

東京都新宿区三栄町22
☎03（3357）4181・FAX03（3358）1078

本文・図書印刷／カバー・幸英社／製本・中永製本

http://www.doshinsha.co.jp/

21世紀のフォア文庫

一九九九年十月フォア文庫20周年にあたって

「フォア文庫」は創刊二十周年を迎えました。

「フォア（FOUR）」とは、四つの出版社を表し、岩崎書店、金の星社、童心社、理論社の四社が集まって、わが国で初めて協力出版の形をとった文庫です。協力出版というのは、共同出版とちがって、各社がそれぞれの個性を大切にし、それを生かしながら協議・協力して新しい出版物（メディア）を生み出しているところに特徴があります。

これらの四つの社は、いずれも半世紀をこえる歴史をもち、未来を担う子どもたちのために、すばらしい本を出版しつづけてきました。お互い競い合い、励まし合い、長年にわたって世におくり出した名作は、数に限りがありません。そのなかから選び抜かれた珠玉の作品群が、この文庫にはいっぱいつまっているのです。

「フォア文庫」は一九七九年に創刊されました。児童書ひと筋という共通の志をもって立ち上がった四社は、年ごとに創意をこらし冒険を試みながら、内容を充実させてまいりました。その間、二千数百万冊というぼう大な量が子どもたちの手にとどき、愛読されてきたことになります。読者層も少年少女から、若者たちまで、年齢・性別をこえて大きくひろがっています。

あれから二十年、「フォア文庫」の創刊二十周年は、おりしも世紀の節目に当たります。

これから「フォア文庫」は、現今の子どもをとりまく厳しい状況にしっかりと目を据え、子どもたちの未来への可能性に熱い想いをそそぎながら、より面白く、より胸をうつ、そしてより愛される『二十一世紀文庫』としての新しい歩みを始めます。


「フォア文庫の会」――岩崎書店　金の星社　童心社　理論社